KB115195

레벨업 축구황제 8

리더A6 현대 판타지 소설

초판 1쇄 찍은 날 § 2022년 1월 21일
초판 1쇄 펴낸 날 § 2022년 1월 28일

지은이 § 리더A6
펴낸이 § 서경석

총괄팀장 § 황창선
편집책임 § 김범석
디자인 § 스튜디오 이너스

펴낸곳 § 도서출판 청어람
등록번호 § 제387-1999-000006호
등록일자 § 1999. 5. 31
어람번호 § 제1-3174호

본사 § 경기도 부천시 부일로 483번길 40 서경B/D 3F (우) 14640
편집부 § 서울시 구로구 디지털로 272 한신IT타워 404호 (우) 08389
전화 § 02-6956-0531 팩스 § 02-6956-0532
http://www.chungeoram.com
E-mail § chungeorambook@daum.net

ISBN 979-11-04-92416-3 04810
ISBN 979-11-04-92370-8 (세트)

[레벨이 올랐습니다.]

[완결]

8

리더A6 현대 판타지 소설

레벨업
축구황제

MODERN FANTASTIC STORY

목차

Chapter. 1

FC 바르셀로나의 팬들은 충격에 빠졌다.

「아틀레티코 마드리드, FC 바르셀로나에게 10 대 3 대승!」

「바르셀로나에게 7골 2어시스트 기록한 이민혁, 라리가에서도 빛난 축구황제!」

「이민혁, 후반전에 살아나며 골 폭발!」

「좋지 않았던 팀 분위기 바꿔 낸 이민혁! 그는 정말 축구의 신인가?」

아틀레티코 마드리드와의 경기 결과와 이민혁의 실력 때문이었다.

└10 대 3이라고……? 바르샤가……? 믿을 수 없어……!

ㄴ말이 안 되잖아! 도대체 무슨 일이 벌어진 거냐고!

ㄴ이민혁 저 자식을 바르셀로나로 데려와야 해. 저 녀석만이 리오넬 메시의 뒤를 이을 적격자야.

ㄴ…오늘 바르셀로나의 경기력은 내가 본 어떤 경기보다도 최고였어. 문제는 아틀레티코 마드리드에 이민혁이 있었다는 거야.

ㄴ이민혁은 너무 빠르고 강했어… 피케가 불쌍하게 느껴질 정도더라.

ㄴ그래, 피케는 최선을 다했다고 치자. 근데 움티티의 수비는 정말 쓰레기 수준이었어. 이 녀석이 어째서 바르셀로나의 센터백인 거야?

ㄴ유망주라잖아.

ㄴ움티티 이 미친놈, 이민혁을 단 한 번도 못 막았어.

ㄴ이민혁 저놈 왜 저렇게 잘하냐고……!!!!

ㄴ난 좀 충격이야. 리오넬 메시가 최고라고 믿고 있었는데… 직접 보니까 이민혁이 더 쩌는 선수였어… 7골을 넣다니…….

ㄴ충격적이긴 하지. 괜히 리오넬 메시를 최고의 자리에서 밀어낸 선수가 아니더라. 확실히 이민혁의 실력은 압도적이었어.

바르셀로나의 팬들은 아틀레티코 마드리드와의 경기 결과가 10 대 3이라는 결과가 나올 줄 몰랐고.

이민혁이 바르셀로나를 상대로 이렇게까지 잘할 줄은 몰랐다는 반응을 보였다.

더불어 이민혁을 응원하던 한국의 팬들 역시 놀라움을 감추지 못했다.

ㄴ우워ㅋㅋㅋㅋㅋㅋㅋㅋㅋ 바르셀로나도 이민혁한텐 탈탈 털리네ㄷㄷㄷㄷ 이민혁 진짜 뭐냐고ㅋㅋㅋㅋ

ㄴ리오넬 메시 황당하다는 표정 봤음?ㅋㅋㅋㅋ 나 메시가 저런 얼굴 한 거 처음 봤어ㅋㅋㅋㅋㅋ

ㄴ이걸로 확실해졌네. 이민혁〉〉〉〉〉리오넬 메시

ㄴ라리가에서도 엄청 잘하네ㄷㄷㄷ 이민혁은 그냥 리그 상관없이 다 잘하는구나ㄷㄷ

ㄴ워… 3대 리그 다 씹어 먹네. 미쳤다 정말ㅋㅋㅋㅋ

ㄴ걍 외계인인 듯. 전반전엔 조금 주춤하나 했더니만 이민혁은 이민혁이야. 후반전에 몰아쳐 버리네.

ㄴ바르셀로나한테 공격포인트 9개;;;;;;;

이처럼 팬들의 반응도 뜨거웠지만.

라리가 최강의 팀 중 하나인 FC 바르셀로나와의 경기에서 승리하는 건 선수들에게도 짜릿한 일이었다.

때문에, 아틀레티코 마드리드 선수들은 지금 흥분을 가라앉히지 못하고 있었다.

"우하하핫! 이렇게 큰 점수 차로 바르셀로나를 잡아내다니! 이거 너무 짜릿하잖아?!"

"어우! 전반전까지는 조금 불안했었는데, 후반전부턴 경기가 되게 잘 풀렸어! 특히 이민혁은 후반전에 몸이 풀린 느낌이더만!"

"우리가 바르셀로나에게 이 정도로 크게 이길 줄이야! 이러면 정말 리그 우승할 수도 있겠는걸?"

"됐어! 힘든 경기에서 완벽하게 승리했다고!"

그리고.

이민혁은 잔디에 앉아서 허공에 떠오른 메시지들을 확인하고 있었다.

[퀘스트를 완료하셨습니다!]

[퀘스트 내용: FC 바르셀로나를 상대로 승리하세요]

[보상으로 경험치가 대폭 증가합니다.]

[퀘스트를 완료하셨습니다!]

[퀘스트 내용: FC 바르셀로나를 상대로 5점 차 이상으로 승리하세요.]

[보상으로 경험치가 10% 증가합니다.]

[퀘스트를 완료하셨습니다.]

[퀘스트 내용: FC 바르셀로나와의 경기에서 팀 내 최고의 활약을 펼치세요.]

[보상으로 경험치가 대폭 증가합니다.]

[퀘스트를 완료하셨…….]

…….

[레벨이 올랐습니다!]

[스탯 포인트 2을 사용하셨습니다.]
[수비 능력치가 10 상승합니다.]
[현재 수비 능력치는 64입니다.]

                    *   *   *

리그 최강의 상대 중 하나인 FC 바르셀로나를 잡아냈다는 것.

그 사실은 아틀레티코 마드리드의 팀 내 분위기에 큰 영향을 미쳤다. 물론 좋은 쪽으로의 영향이었다.

"흐흐! 가비, 방금 패스 끝내줬어!"

"코케~! 좋은 슈팅이었어요!"

"민혁! 어떻게 그런 대단한 판단을 할 수 있는 거야?"

선수들의 얼굴엔 늘 웃음이 흘러나왔다. 선수들은 여유를 갖게 됐고, 더욱 큰 자신감을 얻었다.

당연하게도 리그에서의 경기력도 좋아졌다.

「아틀레티코 마드리드, 셀타 비고 상대로 8 대 0 승리하며 리그에서의 연승 이어 가!」

「이민혁, 8골 터뜨리며 물이 오른 득점 감각 드러내!」

이런 상황에서 아틀레티코 마드리드는 강팀을 만났다.

세리에 A의 강팀이었다.

「아틀레티코 마드리드, 챔피언스리그 조별리그에서 AS로마와 대결!」

「세리에 A의 강팀 AS로마 vs 현재 라리가 1위 아틀레티코 마드리드, 승자는 누구?」

AS로마는 강팀이었다.

분명 강팀이었지만, 긴장을 하기엔 아틀레티코 마드리드의 분위기가 너무 좋았다.

현재 아틀레티코 마드리드의 기세는 대단했고, 어떤 팀을 만나도 이긴다는 자신감을 지닌 상태였다.

심지어 이번 경기는 AS로마의 홈구장에서 펼쳐지게 되었음에도 그랬다.

―그리즈만, 빠릅니다! 좋은 역습을 보여 주고 있는 아틀레티코 마드리드! 옆에 이민혁이 달리고 있습니다! 이민혁이 있는 곳이 비어 있죠! 그리즈만, 이민혁에게 공을 밀어 줍니다!

―이민혁이 공을 받습니다! 우오오오! 골키퍼를 가볍게 제쳐 냅니다! 고오오오오오오올! 이민혁이 로마의 홈구장에서도 선제골을 터뜨립니다!

전반 7분.

아틀레티코 마드리드의 선제골이 터진 시간이었다.

두 번째 골이 터질 때까지의 시간도 그리 오래 걸리진 않았다.

―이민혁이 왼쪽에서 돌파에 성공합니다! 로마는 조금 더 집중해야 합니다! 수비 숫자가 너무 적어요! 이민혁을 한 명으로 막으려고 하면 절대 안 됩니다!

AS로마는 이민혁에게 측면돌파를 허용했고, 이민혁은 그대로 크로스를 뿌렸다.

그 순간, AS로마의 선수들은 내심 안도했다.

이민혁이 더욱 깊숙이 들어오는 것보단, 차라리 크로스를 올리는 게 더 낫다고 생각했기 때문이었다.

그러나 이들은 몰랐다.

이민혁은 직접 파고들며 슈팅을 때리는 것만큼이나, 위협적인 크로스를 뿌릴 수 있다는 것을.

[상대의 풀백을 제치고 크로스를 올렸습니다!]
['정교한 크로스' 스킬 효과가 발동됩니다!]
[크로스의 정확도가 대폭 상승합니다.]

―그리즈만입니다! 앙투안 그리즈만의 멋진 헤딩골! 이민혁의 크로스를 방향만 바꿔 놓는 좋은 헤더였죠~!

―이야~! 이번 골은 이민혁 선수의 크로스를 칭찬하지 않을 수가 없네요! 강하게 휘어 들어간 공이 정확히 앙투안 그리즈만의 머리로 향했습니다! 이토록 정확한 크로스를 구사할 수 있는 선수가 또 있을까요? 정말 완벽하다는 말이 잘 어울리는 크로스였습니다!

측면을 무너뜨린 뒤에 올린 크로스, 그걸 받은 앙투안 그리즈 만의 골이 터진 시간은 겨우 전반 12분이었다.

그리고.

머지않아 세 번째 골이 터졌다.

—이민혁, 중앙에서 세 명을 상대로도 공을 빼앗기지 않고 있습 니다! 어어?! 패스입니다! 이민혁이 엄청난 압박을 이겨 내고 패스 를 뿌려 냈습니다! AS로마, 위험한데요?!

이민혁이 3명을 끌어내며 뿌린 전진패스는 정확히 AS로마의 뒤 공간을 파고들었고.

좋은 오프 더 볼 움직임을 보이던 코케는 이민혁의 패스를 받 아 그대로 강력한 슈팅으로 연결했다.

—고오오오오오올! 코케의 마무리! 아주 침착한 마무리였 죠?! 아틀레티코 마드리드가 전반 18분에 세 번째 골을 기록합니 다!

—우리 이민혁 선수는 벌써 2개의 도움을 기록했네요! 역시 대 단합니다!

전반전 20분이 지나기도 전에 3골을 허용한 지금.

AS로마의 선수들은 멘탈이 완전히 붕괴됐다.

명성이 자자한 이민혁과 아틀레티코 마드리드의 경기력 때문 에, 자신감을 완전히 잃어버린 모습을 보였다.

'이 정도였구나… 이러니까 발롱도르를 받고 최고의 선수라는 말을 듣는구나… 저 녀석에 비하면… 난 아무것도 아니었어.'

'이민혁 저 녀석… 상대 선수지만… 대단한데……? 솔직히 이번 경기는 못 이기겠어.'

'저런 괴물이 있는 팀을 어떻게 이겨?!'

'후… 홈에서 이렇게나 당하다니, 이번 경기는 힘들겠어.'

AS로마는 힘을 잃었고.

아틀레티코 마드리드는 더욱 힘을 냈다. 절대 멈추지 않고 무자비하게 공격포인트를 만들어 냈다.

─아틀레티코 마드리드! 엄청난 화력을 보여 주고 있습니다! 허허허… 정말 무시무시하네요! 그래도 AS로마가 세리에 A에서 강팀으로 인정받는 팀인데… 완전히 압도하고 있습니다!

─아… AS로마의 선수들, 의욕을 잃어버렸어요! 그래도 홈구장인데, 팬들을 위해서 최선을 다할 필요가 있어 보입니다!

오늘 많은 도움을 기록하던 이민혁은 후반전부터는 골 욕심을 내기 시작했다.

이런 이민혁의 골 욕심은 AS로마를 응원하던 팬들에겐 봐서는 안 될 장면들을 만들어 냈다.

─우오오오오오! 이게 들어가네요! 이민혁이 중거리 슈팅으로 골을 기록합니다! 상당히 먼 거리였는데요? 이민혁의 슈팅에 대한 자신감을 볼 수 있는 슈팅이었습니다!

—웬만한 선수는 슈팅을 시도하지 못하는 거리였죠! 하지만 이민혁에겐 그저 좋은 슈팅 거리였던 것 같네요! 아~! AS로마의 팬들이 충격에 빠진 것 같네요⋯⋯! 자신들이 응원하던 팀이 이렇게까지 처참하게 당할 거라고는 생각하지 못했을 거거든요⋯⋯!

—또다시 제칩니다! 이민혁! 4명의 선수를 제치고 질주합니다! 이게 뭔가요?! 빠릅니다! 너무 빨라요! 이민혁, 슈팅! 고오오오오오오오올! 홀로 70m의 거리를 돌파해 골을 만들어 냅니다! 이민혁을 도저히 막을 수가 없습니다!

—아⋯ AS로마의 수비수들⋯ 망연자실합니다! 빠르게 정신을 차릴 필요가 있어 보입니다!

—이민혁이 프리킥을 얻어 내네요! 역시 이민혁이 직접 차는군요. 과연 이민혁은 직접 얻어 낸 프리킥으로 골을 기록할 수 있을지!

—이민혁, 슈팅! 우오오오오오! 들어갔습니다! 이민혁이 프리킥으로 골을 기록합니다! 정말 환상적인 프리킥입니다!

*　　　　*　　　　*

「아틀레티코 마드리드, 14 대 0 스코어 기록하며 로마에 충격적인 기억 심어 줘.」

「이탈리아의 축구 팬들, 이민혁의 기량에 경악.」

「이민혁, 세리에 A의 강팀 AS로마를 상대로 7골 5도움 기록하며 수준이 다른 경기력 펼쳐.」

AS로마의 팬들을 좌절하게 만든 이민혁은 지친 기색도 없이 곧바로 라리가 경기에서 좋은 활약을 이어 갔다.

　이번 시즌 매 경기 풀타임.

　혹사라는 말을 들어도 할 말이 없을 정도로 많은 시간을 뛰고 있지만.

　이민혁의 몸 상태에는 조금의 문제도 없었다.

[현재 체력 능력치는 110입니다.]

　무려 110이라는 체력 능력치와 절대 방심하지 않고 꾸준히 해온 스트레칭, 철저한 관리가 만들어 낸 결과였다.

　이민혁의 컨디션은 매번 좋았고, 당연하게도 훈련장에서의 경기력도 압도적이었다.

　오히려 실전보다도 더 굉장한 모습을 자주 보여 줄 정도였다.

　때문에, 아틀레티코 마드리드의 선수들은 이민혁을 향한 존경심을 대놓고 드러냈다.

　다른 사람의 말은 잘 듣지 않는 선수도 이민혁의 말 한마디면 기다렸다는 듯 움직일 정도였다.

　그리고 지금.

　"…민혁, 부탁 좀 하고 싶은데… 그래도 될까?"

　놀라운 일이 벌어졌다.

　이민혁조차 깜짝 놀랄 정도의 일이었다.

"뭔데요? 제가 들어드릴 수 있는 거라면 그렇게 할게요. 편하게 말하세요."

"내게… 축구를 가르쳐 줄 수 있어?"

프랑스 최고의 선수 중 하나인 앙투안 그리즈만.

그가 축구를 가르쳐 달라는 부탁을 해 왔다.

*　　　　　*　　　　　*

붉어진 얼굴로, 큰 결심을 했다는 듯 말하는 앙투안 그리즈만.

그 모습에 이민혁은 놀라지 않을 수가 없었다.

앙투안 그리즈만이 어떤 인물이던가!

이민혁이 오기 전까지 아틀레티코 마드리드의 에이스였고, 현 프랑스 대표팀의 에이스 역할을 하는 대단한 선수이지 않은가.

흔히 말하는 월드클래스에 충분히 부합하는 앙투안 그리즈만이건만.

그런 남자가 지금 축구를 가르쳐 달라고 말하고 있다.

"음……."

전혀 예상치 못한 부탁을 받은 지금, 이민혁은 곤란하다는 얼굴로 고개를 저으려고 했다.

앙투안 그리즈만의 가르침 요청은 당연히 거절할 생각이었다.

가르칠 자신도 없고, 가르치고 싶지도 않았으니까.

'그리즈만에겐 미안하지만, 누굴 제대로 가르쳐 본 적도 없고

내 성장에 신경 쓰기도 바빠서……'

그렇게 이민혁이 거절 의사를 드러내려고 할 때.

갑자기 메시지 하나가 떠올랐다.

[퀘스트를 완료하셨습니다!]

[퀘스트 내용: 월드클래스 선수인 앙투안 그리즈만에게 가르침을 부탁받으세요.]

[보상으로 경험치가 50% 증가합니다.]

"오……?"

이것 봐라……?

이민혁이 작게 중얼거리며 눈을 빛냈다.

'이렇게도 경험치를 준다고? 그것도 상당히 많잖아?'

분명 가르칠 생각이 없었지만.

이러면 얘기가 달라질 수밖에 없다.

"…역시 무리겠지? 하하! 너무 신경 쓰지 말아 줬으면 좋겠어. 어차피……"

앙투안 그리즈만이 애써 웃으며 몸을 돌리려고 했다.

이민혁은 재빨리 그런 그리즈만을 불러 세웠다.

"잠깐만요!"

"……?"

"제가 그리즈만처럼 높은 수준의 선수에게 무언가를 제대로 가르칠 수 있을지는 모르겠지만, 원한다면 그렇게 해 드릴게요."

"뭐? 정말이야?!"

앙투안 그리즈만의 눈이 커졌고, 이민혁은 멋쩍게 웃으며 고개를 끄덕였다.

"예, 그럴게요. 대신 도움이 안 된다고 해서 제 탓을 하면 안 됩니다."

"당연하지! 그럴 일은 절대 없을 거야. 축구황제에게 축구를 배우는데, 어떤 얼간이가 탓을 하겠어? 만약 너에게 배우고도 내 실력이 늘지 않는다면, 그건 100% 나의 탓일 거야."

앙투안 그리즈만, 현재 프랑스 국가대표팀의 에이스로 평가받는 그가 싱글벙글한 얼굴로 손을 내밀었다.

이민혁은 그 손을 맞잡으며 보이지 않는 한숨을 내쉬었다.

'이서… 옳은 선택이려나?'

그때였다.

두 남자의 대화를 엿들은 나머지 선수들이 다급하게 뛰어오며 소리를 질러 댔다.

"우어어어어! 나도! 나도오오오오! 나도 좀 가르쳐 줘!"

"민혁! 설마 그리즈만에게만 축구를 가르쳐 줄 생각은 아니지? 그럼 난 무조건 삐질 거야!"

"민혁, 나도 축구를 알려 줘! 나도 예전부터 너한테 배우고 싶었다고!"

"이봐, 앙투안 그리즈만! 내가 먼저 부탁하려고 했는데, 왜 새치기를 하고 그러냐?!"

"축구황제의 가르침? 나도 받고 싶어!"

이민혁은 우르르 몰려오는 동료들을 바라보며, 손으로 이마를 짚었다.

"이게 무슨 말도 안 되는 일이야… 다들 진심이에요? 아니지, 진심인지가 중요한 게 아니고 저는 여러분을 가르칠 생각이……."

당연히 거절하려고 했다.

저렇게 많은 인원을 어떻게 가르친다는 말인가? 상상만으로도 머리가 아팠다.

그런데.

거절할 수가 없게 되어 버렸다.

[퀘스트를 완료하셨습니다!]

[퀘스트 내용: 뛰어난 선수인 페르난도 토레스에게 가르침을 부탁받으세요.]

[보상으로 경험치가 30% 증가합니다.]

[퀘스트를 완료하셨습니다!]

[퀘스트 내용: 뛰어난 선수인 코케에게 가르침을 부탁받으세요.]

[보상으로 경험치가 30% 증가합니다.]

[퀘스트를 완료하셨습니다!]

[퀘스트 내용: 좋은 선수인 사울 니게스에게 가르침을 부탁받으세요.]

[보상으로 경험치가 20% 증가합니다.]

[퀘스트를 완료하셨…….]

......

......

[레벨이 올랐습니다!]
[레벨이 올랐습니다!]

단숨에 2개의 레벨이 오를 정도로 많은 양의 경험치가 쏟아 졌으니까.

'그래, 한번 가르쳐 보자. 나중에 은퇴하면 축구 교실을 운영하게 될 수도 있는 거잖아?'

그렇게 이민혁은 아틀레티코 마드리드의 선수들을 가르치게 됐다.

*   *   *

동료들에게 가르침을 부탁받은 이후로 이민혁의 삶은 더 바빠 졌다.

애초부터 구단 관계자들과 동료들이 혀를 내두를 정도로 바쁜 삶을 살아왔던 이민혁이었다.

오로지 자신의 성장을 위해 바쁜 삶을 살아왔던 그였지만, 이 제는 동료들의 성장도 신경 써야만 했다.

물론 일방적인 봉사는 아니었다.

[퀘스트를 완료하셨습니다!]

[퀘스트 내용: 사울 니게스의 드리블 능력을 발전시키세요.]

[사울 니게스의 드리블 능력이 조금 발전했습니다.]

[부상으로 경험치가 대폭 증가합니다.]

[퀘스트를 완료하셨습니다!]

[퀘스트 내용: 앙투안 그리즈만의 오른발 슈팅 능력을 발전시키세요.]

[앙투안 그리즈만의 오른발 슈팅 능력이 조금 발전했습니다.]

[보상으로 경험치가 대폭 증가합니다.]

[퀘스트를 완료하셨습니다!]

[퀘스트 내용: 페르난도 토레스의 오프 더 볼 능력을 발전시키세요.]

[페르난도 토레스의 오프 더 볼 능력이 조금 좋아졌습니다.]

[보상으로 경험치가 대폭 증가합니다.]

지금처럼 이민혁은 동료들이 성장할 때마다 경험치를 받았다.

그것도 꽤 많은 양을.

"힘들긴 하지만, 그래도 동료들을 가르치고 나서부턴 성장이 빨라졌어."

이민혁이 옅은 미소를 지었다.

동료들을 가르친다는 건 여간 힘든 일이 아니었다.

스스로가 이론이 빠삭한 타입도 아니었고, 남들에게는 없는 특별한 스킬의 도움을 받는 선수였기 때문이었다.

때문에, 동료들에게 도움이 되기 위해서 이민혁은 공부를 해야 했다. 낮엔 훈련하고, 저녁엔 축구의 이론을 공부하는 시간을 가졌다.

모든 부분이 쉽지 않았지만.

지금처럼 눈앞에 떠오른 메시지를 보면 힘들었던 기억이 전부 사라져 버리는 기분이었다.

'동료들의 성장을 보는 것도 제법 재밌기도 하고.'

이민혁의 가르침 덕분일까?

아틀레티코 마드리드는 시간이 지날수록 더욱 안정된 경기력을 펼쳤다.

물론 안정된 상태에서도 이민혁의 화력은 꾸준히 상대의 골망을 흔들었다.

「아틀레티코 마드리드, 데포르티보와의 경기에서 완벽한 경기력 펼치며 13 대 0 승리!」

「이민혁, 믿을 수 없는 기량 선보이며 9골 1어시스트 기록해!」

리그에서 13 대 0으로 승리를 거둔 아틀레티코 마드리드는 챔피언스리그 조별리그에서 만난 첼시에게도 대승을 거뒀다.

「아틀레티코 마드리드, EPL의 강팀 첼시를 상대로 9 대 2로 대승 거둬!」

「축구황제 이민혁, 첼시전에서 5골 2어시스트 기록하며 EPL을 지배했던 선수다운 경기력 보여 줘.」

「이민혁, 주장은 아니지만 완벽한 리더십 보였다.」

「디에고 시메오네, '이민혁에게 주장 완장은 없지만, 그는 아틀레티코 마드리드 선수들의 정신적 지주. 게다가 요즘엔 직접 선수들의 성장에 뛰어들고 있다. 그는 정말 놀라운 선수다'라며 이민혁을 칭찬해.」

그렇게 기세가 올라온 지금.

아틀레티코 마드리드는 라리가 최강의 팀 중 하나를 만났다.

「아틀레티코 마드리드, 레알 마드리드 만난다! 바르셀로나에 이어 레알 마드리드도 꺾어 낼까?」

이 사실은 전 세계 축구 팬들의 관심을 끌었다.

현재 라리가에서 좋은 성적을 거두고 있는 팀들의 대결이라는 점 때문이기도 했지만.

얼마 전에 화제가 됐던 크리스티아누 호날두의 발언이 가장 큰 이유였다.

「이민혁이 자신을 뛰어넘으려면 2년은 걸릴 거라고 했던 크리스티아누 호날두, 아틀레티코 마드리드전에서 어떤 모습 보일까?」

「크리스티아누 호날두, 자신이 이민혁보다 더 뛰어난 선수라는 걸 증명할 수 있을까?」

특히 한국 팬들은 이 경기에 유난히 큰 기대감을 드러냈다.

ㄴㅋㅋㅋㅋㅋㅋ크리스티아누 호날두 드디어 임자 만났네. 감히 이민혁을 낮게 평가한 것에 대한 대가를 치르겠구만ㅋㅋㅋ

ㄴ이번에 이민혁이 호날두 좀 털어 줬으면 좋겠다.

ㄴ바르셀로나도 두들겨 맞았는데, 레알이라고 다를까ㅋㅋㅋㅋ 크리스티아누 호날두 분명 개발리고 질질 짤 듯.

ㄴ이제 곧 이민혁이 FC 바르셀로나랑 레알 마드리드 둘 다 무너뜨리는 거 볼 수 있는 거임? 그럼 진짜 사실상 라리가도 제패한 거잖아?

ㄴㅇㅇ맞지. 바르셀로나랑 레알 마드리드 이기면 라리가 다 이긴 거나 다름없지.

ㄴ레알 마드리드까지 잡으면 세계 3대 리그 강팀들 다 잡게 되는 거네ㄷㄷㄷ

ㄴ그런 게 뭐가 중요하냐? 어차피 이민혁이 세계 최고의 선수인 건 다들 알고 있잖아?

ㄴ그래도 명예가 달라지잖아. 역사에 남겨질 내용도 더 많아지는 거고.

ㄴ나는 그냥 빨리 이민혁을 보고 싶어. 이민혁의 플레이는 다른 선수랑은 비교도 할 수 없을 정도로 재밌거든!

이처럼 많은 수의 팬들이 뜨거운 기대감을 드러내고 있을 때. 그곳을 향해 크리스티아누 호날두가 기름을 부었다.

「크리스티아누 호날두, 개인 SNS에 '라리가 최고의 선수가 누구인지 곧 가려질 것'이라며 이민혁을 의식하는 글 올려.」

호날두는 또다시 SNS에 이민혁을 도발하는 글을 올렸고.

팬들은 두 선수의 만남을 더욱 기다리게 됐다.

그런데.

정작 도발을 당한 이민혁은 전혀 관심을 보이지 않았다.

그럴 수밖에 없었다.

[퀘스트를 완료하셨습니다!]

[퀘스트 내용: 가비의 일대일 수비 능력을 발전시키세요.]

[가비의 일대일 수비 능력이 조금 좋아졌습니다.]

[보상으로 경험치가 대폭 증가합니다.]

[퀘스트를 완료하셨습니다!]

[퀘스트 내용: 디에고 고딘의 태클 능력을 발전시키세요.]

[디에고 고딘의 태클 능력이 조금 발전했습니다.]

[보상으로 경험치가 대폭 증가합니다.]

[레벨이 올랐습니다!]

동료들의 성장을 도우며 많은 경험치를 뽑아내는 것에 집중하고 있었으니까.

[스탯 포인트 2를 사용하셨습니다.]

[수비 능력치가 2 상승합니다.]

[현재 수비 능력치는 70입니다.]

＊　　　　＊　　　　＊

아틀레티코 마드리드와 레알 마드리드의 경기가 펼쳐지는 당일.

관중들로 가득한 관중석에선 커다란 함성이 터졌다.

우와아아아아!

통로 안에 있던 선수들에게도 잘 들릴 정도로 거대한 함성이었고, 그 함성 속에서 양 팀 선수들의 얼굴엔 긴장감이 흘렀다.

그런데 이때.

"리!"

이민혁은 자신을 부르는 목소리에 고개를 돌렸다.

"크리스티아누 호날두?"

크리스티아누 호날두가 가까이 다가오고 있었다.

특유의 느끼한 미소를 지으며 다가오던 그는, 이민혁을 향해 떠들어 대기 시작했다.

"내가 SNS에 올린 글들은 너무 신경 쓰지 마. 원래 다들 SNS에 그런 글들을 올리고 그러잖아? 일종의 팬서비스지. 너에게 악의는 전혀 없으니까 그렇게 알아 줬으면 좋겠어. 그리고… 뭐, 틀린 말을 한 것도 아니잖아? 네가 아주 훌륭한 선수는 맞지만, 아직 내 커리어에 비빌 수는 없는 게 사실이고. 나는 여전히 내가 최고의 선수라고 믿으니까."

일방적인 통보였고, 재수 없는 말이었다.

그런 크리스티아누 호날두의 말과 행동에.

씨익!

이민혁의 양쪽 입꼬리가 높게 치솟았다.

재밌는 도발이었다. 조금은 귀엽게 느껴지기도 했다.

'오랜만에 이런 도발을 당하니까 재밌긴 한데… 그렇다고 해도……'

다만, 재밌고 귀엽다고 봐줄 생각은 없었다.

'도발한 것에 대한 책임은 져야지.'

*　　　　*　　　　*

"하하!"

경기장에 입장하기 직전에 대기하는 통로 안.

이곳에선 집중력을 끌어올려야 하지만, 이민혁은 웃음을 터뜨리고 말았다.

크리스티아누 호날두의 도발 때문이었다.

'진짜 재밌네.'

이민혁이 웃음을 터뜨리자, 크리스티아누 호날두가 의아하다는 표정으로 물었다.

"왜 웃는 거야? 뭐가 웃긴데? 설마 너 지금 나를 무시하는 거냐?"

"무시하다뇨. 당신 같이 대단한 선수를 제가 왜 무시합니까.

그냥 이런 도발을 오랜만에 받아 봐서 재밌어서 웃었어요."

"재밌다고? 겁이 나서 괜히 웃는 거 아니고?"

"하하하!"

이민혁은 다시 웃음을 터뜨렸다.

'무슨 애들도 아니고······.'

도발하는 크리스티아누 호날두의 모습이 어린아이처럼 보였기 때문이었다.

'이 사람, 너무 유치하잖아?'

이런 남자가 현재 세계 최고 수준의 선수 중 하나라고 평가받는 30대의 베테랑 선수라니.

이런 남자가 수많은 선수들에게 존경을 받는 남자라니.

너무 황당해서 웃음이 멈추질 않았다.

그런 이민혁의 반응에 크리스티아누 호날두의 얼굴이 벌겋게 달아올랐다.

"감히 나를 비웃어?! 너, 이 자식! 과연 나중에도 이렇게 웃을 수 있나 보자! 매번 자신을 믿어 주는 팀을 배신하고 다른 리그로 도망치는 배신자 주제에 거만하긴!"

다소 심한 도발이었지만.

"그래요. 당신의 경기력, 기대할게요."

이민혁은 여전히 미소를 머금은 채, 크리스티아누 호날두를 향해 이제 꺼지라는 듯 손을 휘저었다.

물론 크리스티아누 호날두는 멈출 생각이 없어 보였다.

"크리스티아누! 곧 경기 시작이야. 이러다가 경기하기도 전에 징계를 받을지도 모른다고!"

"제발 진정 좀 해! 왜 이렇게 흥분을 하고 그래?"

"보는 눈이 너무 많아. 여기서 이러지 말고 경기에서 보여 주면 되잖아! 제발 그만 좀 하라니까?"

레알 마드리드이 선수들이 그를 열심히 말렸지만, 크리스티아누 호날두는 흥분을 가라앉히지 못했다.

진정하기는커녕 오히려 레알 마드리드 선수들에게 불똥이 튀기까지 했다.

"놔! 이거 안 놔? 놓으라고, 이 새끼들아! 너희들이 감히 누굴 붙잡고 있는지 알고 있는 거야?! 같은 팀에서 뛰고 있다고 동급이라고 생각하는 건 아니지? 너희들은 어차피 다 들러리들이야! 알아들었냐?"

크리스티아누 호날두의 민낯이 제대로 드러난 장면이었다.

동료들을 대놓고 무시할 정도로 안하무인에 이기적이고 거만한 모습.

레알 마드리드 선수들은 그 모습이 익숙하다는 듯, 작게 한숨을 쉬며 크리스티아누 호날두를 말리는 것에 열중했다.

이토록 막 나가는 호날두가 진정한 건 경기장에 입장할 시간이 되었다는 신호가 들린 이후였다.

"리, 어디 한번 누가 이기나 해 보자."

그는 이민혁을 향해 강한 경고를 날리며 경기장을 향해 걸어나갔다.

그런 크리스티아누 호날두의 뒷모습을 보며, 이민혁은 헛웃음을 흘렸다.

"…호날두가 생각보다 더 미친놈이었네."

＊   ＊   ＊

통로에서의 소동이 벌어진 이후,

아틀레티코 마드리드의 선수들은 승리에 대한 의지를 더욱 다졌다.

"호날두 저 재수 없는 놈을 혼내 주자. 감히 이민혁한테 함부로 해?"

"크리스티아누 호날두 저 녀석, 곧 충격을 맛보게 해 주마. 어딜 감히 우리의 에이스이자 선생님인 이민혁을 건드려?"

"오늘 레알 마드리드는 뒈졌다."

"내가 오늘 무조건 골 넣는다."

반면, 이민혁은 침착했다.

다른 경기와 마찬가지로 자신의 상태를 점검했고, 상대 선수들을 바라보며 머릿속의 정보들을 정리했다.

소동이 있었지만 다를 건 없었다.

매 순간 집중하며 골이나 도움을 기록하면 되는 것이고, 이민혁에겐 그렇게 할 자신감이 있었다.

―함성이 터져 나오고 있습니다! 레알 마드리드와 아틀레티코 마드리드의 선수들이 팬들의 환호를 받으며 경기장에 입장하고 있습니다!

―레알 마드리드의 홈구장인 산티아고 베르나베우에서 팬분들이 기다리셨던 경기가 곧 시작됩니다!

-레알 마드리드의 선발진을 먼저 보시죠. 호날두, 벤제마, 모드리치, 토니 크로스, 이스코, 카세미루, 카르바할, 라파엘 바란, 세르히오 라모스, 마르셀루, 마지막으로 이케르 카시야스 골키퍼가 선발로 출전합니다!

-레알 마드리드가 베스트멤버로 나왔죠?

-그렇습니다. 레알 마드리드는 이전까지의 경기에선 적극적으로 로테이션을 돌리며, 오늘 펼쳐질 아틀레티코 마드리드와의 경기를 준비하는 모습을 보여 줬었습니다. 다행히 주축 선수들이 전부 부상 없이 선발로 나오게 됐네요.

-그럼 다음으로 아틀레티코 마드리드의 선발진을 살펴볼까요?

-이민혁, 그리즈만, 코케, 가비, 토마스, 사울, 루카스 에르난데스, 스테판 사비치, 디에고 고딘, 후안프란, 얀 오블라크가 선발로 출전했습니다.

-아틀레티코 마드리드도 카라스코 선수가 최근에 폼이 올라오지 않고 있어서 선발에서 제외된 것 말고는 별다른 문제가 보이지 않네요.

-그래서 오늘 경기가 더욱 재밌을 것 같습니다! 특히나 현재 리그 1위인 아틀레티코 마드리드와 리그 3위인 레알 마드리드의 경기이고, 최근 이민혁 선수를 향한 크리스티아누 호날두 선수의 도발 사건까지 있었지 않습니까?

-맞습니다! 그래서 이번 경기를 향한 축구 팬들의 관심이 쏠리고 있죠!

양 팀 선수들이 자리를 잡았다.

주심은 휘슬을 불어 경기 시작을 알렸다.

선공은 레알 마드리드의 것이었고, 크리스티아누 호날두가 벤제마에게 패스를 받았다.

—크리스티아누 호날두, 공을 뒤로 돌립니다.

크리스티아누 호날두는 조금 전에 흥분했던 것과는 다르게, 경기장에 들어선 순간부터는 침착한 모습을 보였다.

지금 보여 준 패스도 훌륭했다.

여유 있게 그리즈만의 전방 압박을 피해 내고 뒤에 있는 토니 크로스에게 공을 연결하는 작업이 모두 완벽했다.

크리스티아누 호날두는 곧바로 다시 공을 잡았다.

토니 크로스가 전진패스를 뿌려 낸 것이다. 빠르게 굴러오는 공을 보며, 크리스티아누 호날두는 원터치 패스를 생각했다. 가장 가까운 곳에 있는 루카 모드리치에게 공을 넘긴 뒤에 공간을 만들 계획이었다.

그런데.

그의 의도는 실현되지 못했다.

촤아아악!

—우와아아! 완벽한 태클입니다! 예술에 가까운 슬라이딩태클이네요~! 이민혁이 아름다운 태클로 크리스티아누 호날두의 공을 뺏어 냅니다!

—최전방 공격수로 출전한 이민혁이 이렇게 앞에서 공을 뺏어

주면 팀의 기세가 올라갈 수밖에 없죠~! 크리스티아누 호날두가 이민혁에게 빠르게 덤벼들지만, 이미 공은 다른 선수에게로 향합니다!

"젠장!"

크리스티아누 호날두가 짜증스럽게 잔디를 걸어찼다.

애써 침착함을 유지하고 있었지만, 이민혁에게 공을 빼앗긴 지금은 감정을 컨트롤하지 못했다.

─크리스티아누 호날두가 잔디를 걸어차네요. 하하! 아무래도 경기 전부터 이민혁 선수를 도발했던 호날두이기 때문에 지금처럼 공을 뺏기면 자존심이 상할 수밖에 없죠!

─호날두는 오늘 평소보다 더 빠르게 공을 처리해야 할 겁니다. 안 그러면 언제 이민혁의 태클이 들어올지 모르거든요!

이민혁이 뺏어 낸 공은 토마스에게 연결됐고, 이어서 오버래핑을 위해 나온 아틀레티코 마드리드의 풀백 후안프란이 공을 받아 냈다.

─후안프란, 좋은 오버래핑 타이밍입니다! 마르셀루의 앞에서 크로스까지 연결할 수 있을까요?

후안프란은 무리하지 않았다.

마르셀루를 상대로 무리했다간, 역습을 허용할 수도 있었기 때문이었다. 대신 적절한 타이밍에 앙투안 그리즈만에게 공을 건넸다.

─앙투안 그리즈만이 공을 받습니다! 그리즈만, 충분히 슈팅할 수 있는 공간이 있죠! 그리즈만! 때립니다!

앙투안 그리즈만의 왼발은 날카롭다.
게다가 그는 훈련 때마다 왼발을 더욱 갈고닦아 왔다.
즉, 골대와의 거리가 20m 정도이고, 공간이 열린 지금과 같은 상황에서 슈팅을 망설일 필요가 없었다.
자신감을 가지고 때려 낸 슈팅.
그러나 레알 마드리드에는 세계 최고의 골키퍼 중 하나라고 불리는 남자가 있었다.

─우오오옷?! 이케르 카시야스! 레알 마드리드의 수호신이 믿을 수 없는 선방을 보여 줍니다! 슈퍼세이브네요!
─이야~! 이게 막히네요! 완전히 골이나 다름없는 슈팅으로 보였는데 말이죠~!
─앙투안 그리즈만이 굉장히 아쉬워하고 있습니다!

이케르 카시야스, 그는 놀라운 선방을 보여 주며 앙투안 그리즈만의 슈팅을 막아 냈다.

─레알 마드리드는 조금 더 집중할 필요가 있습니다! 방금은 카

시야스 골키퍼의 선방으로 위기를 벗어났지만, 아직 코너킥이 남아 있거든요? 게다가 이번 시즌 아틀레티코 마드리드의 코너킥은 상대 팀들에게 굉장히 위협적인 모습을 보여 주고 있습니다!

─이민혁 선수의 헤더 때문이죠?

─맞습니다. 이민혁은 183㎝로 특별히 큰 신장을 가진 거 아니지만, 괴물 같은 점프력과 정확한 위치선정으로 멋진 헤딩골을 자주 만들어 내고 있는 선수죠!

해설들의 말처럼 코너킥 상황에서 이민혁의 헤딩골이 터지는 장면은 꽤 자주 나오고 있었다.

이민혁은 레알 마드리드의 수비수 세르히오 라모스와의 경합에서도 자신의 공중볼 처리 능력을 보여 줬다.

터어엉!

라모스의 견제를 이겨 낸 뒤에 이마로 공을 강하게 찍는 슈팅.

골키퍼로선 반응하기 힘든 아주 좋은 헤딩슛이었다.

그런데 놀랍게도 이케르 카시야스 골키퍼는 이번 슈팅마저도 막아 냈다.

─우와아아! 막아 냈습니다! 이케르 카시야스의 슈퍼세이브! 이게 말이 되나요?

모두가 놀라움을 드러낼 때.

이케르 카시야스는 아직 다급했다. 그럴 수밖에 없었다.

그가 쳐 낸 공이 앙투안 그리즈만에게로 향했으니까.

앙투안 그리즈만이 기다렸다는 듯 왼발로 발리슛을 때려 내고 있었으니까.

—그, 그리즈만입니다! 우오오오오오! 들어갔습니다! 이케르 카시야스 골키퍼가 놀라운 선방으로 이민혁의 헤딩슛을 막아 냈지만, 아무리 카시야스라고 해도 후속으로 들어온 그리즈만의 발리슛까지 막아 내진 못했습니다!

—그리즈만! 멋진 골이네요! 세리머니를 하지 않고 곧바로 이민혁을 끌어안습니다! 이 앙투안 그리즈만 선수는 최근에 진행된 인터뷰에서 이민혁을 향한 존경심을 드러낸 적이 있죠?

—맞습니다. 축구 팬들을 놀라게 한 인터뷰였습니다. 프랑스 국가대표의 에이스이자, 월드클래스 선수인 앙투안 그리즈만이 이민혁에게 축구를 배우고 있다는 발언을 했기 때문이었죠~!

—앙투안 그리즈만 정도의 선수가 가르침을 청할 정도로 아틀레티코 마드리드 내부에서 우리 이민혁 선수의 위상이 높아진 것 같아 기분이 좋네요!

이민혁은 기뻐했다.

비록 헤딩슛이 골로 연결되진 않았지만.

동료인 앙투안 그리즈만이 골을 기록했다는 사실도 직접 골을 넣은 것만큼이나 기쁜 일이었다.

더구나 눈앞에 떠오르는 메시지는 이민혁의 기분을 더욱 들뜨게 만들어 줬다.

[퀘스트를 완료하셨습니다!]
[퀘스트 내용: 레알 마드리드와의 경기에서 어시스트를 기록하세요.]
[보상으로 경험치가 대폭 증가합니다.]

[퀘스트를 완료하셨습니다!]
[퀘스트 내용: 레알 마드리드와의 경기에서 전반전 내에 어시스트를 기록하세요.]
[보상으로 경험치가 대폭 증가합니다.]

[퀘스트를 완료하셨…….]
…….

이처럼 기분 좋은 일들이 연달아 벌어지고 있는 지금.
"응……? 이건 또 뭐야?"
이민혁의 눈이 커졌다.
뒤늦게 떠오른 메시지의 내용이 전혀 예상치 못했던 것이었기 때문이었다.

[직접 가르친 앙투안 그리즈만이 왼발 슈팅으로 골을 기록했습니다.]
[보상으로 경험치가 10% 증가합니다.]

[레벨이 올랐습니다!]

                    *   *   *

"당황스럽네……."

이민혁이 당황스럽다는 얼굴로 눈앞의 메시지를 바라봤다.

[직접 가르친 앙투안 그리즈만이 왼발 슈팅으로 골을 기록했습니다.]

[보상으로 경험치가 10% 증가합니다.]

[레벨이 올랐습니다!]

이건 전혀 예상하지 못했던 일이었다.

동료가 골을 넣은 상황에서 자신의 경험치가 오르다니!

"내가 가르친 이후로 동료들의 실력이 좋아질 때마다 경험치를 얻긴 했지만… 이렇게 경기에서 동료들이 공격포인트를 기록할 때에도 경험치를 얻을 줄은 몰랐는데……."

커진 눈으로 메시지를 훑던 이민혁은 어느새 얼굴 가득 미소 짓고 있었다.

"그렇다면……."

아주 진한 미소였다.

"오늘 내가 생각했던 것보다 더 많은 경험치를 얻겠는데?"

이대로라면 오늘 또 하나의 레벨이 오를 수도 있겠다는 생각을 하며, 이민혁은 방금 얻은 스탯 포인트를 사용했다.

[스탯 포인트 2를 사용하셨습니다.]
[수비 능력치가 2 상승합니다.]
[현재 수비 능력치는 72입니다.]

           *   *   *

예상치 못한 경험치를 얻으며 레벨이 오른 이후.

―이민혁, 오늘 전방 압박이 굉장히 좋네요! 최전방 스트라이커
가 이렇게 압박을 열심히 해 주면 레알 마드리드의 수비수들은 빌
드업을 시작하기 어렵죠~!

―그렇습니다. 게다가 이민혁은 공격수라고 보기 힘들 정도로
수비 능력이 좋고, 특히 태클 능력은 무시무시한 수준이니까요. 제
아무리 레알 마드리드의 수비수들이라고 해도 부담스러울 수밖에
없습니다.

이민혁은 더욱 적극적으로 경기장을 뛰어다녔다.

해설들의 말처럼 레알 마드리드의 수비수들은 부담을 느꼈다.

그리고.

부담은 실수를 만들어 냈다.

―아~! 라파엘 바란의 패스미스입니다! 레알 마드리드, 위험합
니다! 앙투안 그리즈만입니다! 좋은 압박이었죠! 그리즈만, 직접 해

결하나요? 오! 이민혁에게 패스합니다! 이민혁!

이민혁이 공을 받았다.

페널티박스 바로 바깥이었다. 그 즉시 세르히오 라모스가 반응했다. 이민혁에게 약간의 거리만을 둔 채, 자세를 낮췄다.

월드클래스 수비수인 세르히오 라모스.

그가 뿜어내는 기세는 대단했다.

어지간한 상대는 곧바로 위축될 정도로 강력한 기세였다.

다만, 이민혁에겐 조금도 통하지 않았다.

휘익! 휙!

이민혁은 조금도 위축되지 않았고, 평범한 수비수를 상대하듯 냉정한 얼굴로 전진했다. 특별히 화려한 동작을 하진 않지만, 모든 움직임에서 자신감이 흘러나왔다.

그러자 오히려 세르히오 라모스가 위축된 움직임을 보였다.

─세르히오 라모스, 뒷걸음질을 치고 있습니다. 지금 같은 상황에서는 더 확실하게 처리를 해 줘야 할 텐데요? 너무 자신감이 없는 수비입니다! 이건 세르히오 라모스답지 않은데요?

세르히오 라모스, 그는 마른침을 삼키며 이민혁을 노려봤다.

그는 베테랑이었다. 당연하게도 경기를 시청하고 있는 팬들이 자신에게 어떤 수비를 바라는지도 알고 있다.

과감하게 나서서 이민혁을 제압해 버리는 그림을 기대할 것이다.

세르히오 라모스 역시 그러고 싶었다. 어지간한 공격수들을 상대로는 그렇게 할 자신감도 있었다.

다만, 지금은 상대가 이민혁이지 않은가.

'젠장! 이 녀석은 괴물이라고……!'

이민혁이 괴물이라는 걸 알기에, 기세를 올려 심리적으로나마 흔들어 보려고 했다.

그러나 이민혁은 조금도 흔들리지 않았다.

오히려 무서울 정도로 차가운 얼굴로 다가오고 있었다.

세르히오 라모스의 머릿속은 더욱 복잡해졌다.

'내가 먼저 덤비면 분명 카운터로 돌파를 시도할 거야. 저렇게 빠른 녀석에게 그런 상황을 주면 위험해. 그렇다고 이대로 공간을 유지하면 언제 슈팅을 때릴지 몰라.'

제아무리 세르히오 라모스라고 해도 이민혁의 앞을 막아서는 건 죽을 맛이었다.

이민혁의 돌파 성공률은 그 누구와도 비교할 수 없을 정도로 압도적이었고, 양발로 때리는 슈팅 정확도 역시 매 시즌 기록을 갱신할 정도로 뛰어났으니까.

"아오!"

세르히오 라모스가 이를 꽉 깨물고 움직였다.

결국엔 선택을 해야 했다.

급한 건 이민혁이 아니라 자신이었으니까.

"네가 잘나 봤자 얼마나 잘났다고!"

세르히오 라모스, 그는 이민혁을 향해 손과 발을 뻗었다. 손으론 이민혁이 방향을 트는 걸 막고, 발로 공을 빼낼 계획이었다.

하지만 결과는 좋지 못했다.

그의 움직임은 전부 이민혁에게 읽혀 버렸으니까.

―오오오! 이민혁이 패스를 보냅니다! 침투하는 코케를 정확히 봤네요! 코케, 슈우우웃! 고오오오오오오올!

―이민혁이 세르히오 라모스를 완전히 속였어요! 반대로 세르히오 라모스는 최선을 다했지만, 이민혁이 패스를 하는 것을 막아 내지 못했습니다.

돌파를 시도하는 척, 상체 페인팅을 준 뒤에 빠르게 공을 찍어 차는 패스로 뒤 공간을 파고드는 팀 동료 코케를 정확히 노린 패스였다.

패스의 퀄리티는 뛰어났고, 코케는 좋은 패스를 골로 연결할 실력이 있는 선수였다.

그리고.

이민혁은 코케의 골을 축하해 주며, 허공에 떠오른 메시지를 바라봤다.

[직접 가르친 코케가 침착한 슈팅으로 골을 기록했습니다.]
[보상으로 경험치가 10% 증가합니다.]

[퀘스트를 완료하셨습니다!]
[퀘스트 내용: 레알 마드리드를 상대로 2개의 어시스트를 기록하세요.]

[보상으로 경험치가 대폭 증가합니다.]

[퀘스트를 완료하셨습니다!]
[퀘스트 내용: 레알 마드리드를 상대로 전반전에 2개의 어시스트를 기록하세요.]
[보상으로 경험치가 대폭 증가합니다.]

[퀘스트를 완료하셨······.]
······.
······.

"이거 진짜 상당한데?"

지금 이 순간, 이민혁은 만족감을 느꼈다.

동료의 가르침 요청을 받아들였던 것에 대한 만족감이었다.

'솔직히 아직 뭘 가르쳤다고 하기에도 민망한 수준인데, 이렇게까지 경험치를 받으니까 기분 좋네.'

도움을 2개째 기록한 이후에도 이민혁은 패스 위주의 플레이를 펼쳤다.

─이민혁, 킬패스입니다! 날카로운데요? 앙투안 그리즈만이 패스를 받습니다! 그리즈만, 슈팅하나요?! 아~! 세르히오 라모스가 수비에 성공합니다! 앙투안 그리즈만이 아쉬워하네요!

─비록 슈팅까지 연결진 못했지만, 과정은 훌륭했습니다. 특히 이민혁의 패스는 볼 때마다 감탄이 나오네요~!

물론 패스만 한 건 아니었다.

이민혁은 직접 슈팅을 시도해야 할 타이밍엔 과감하게 슈팅을 때렸다.

—이민혁, 이번에도 패스를 보낼까요? 계속된 이민혁 선수의 킬 패스 시도가 있었기 때문일까요? 레알 마드리드의 수비진이 압박을 나가지 않고 지역방어를 하네요. 이민혁보다는 공간을 파고들려는 다른 선수를 경계하고 있습니다!

—어엇?! 슈팅입니다! 우오오오오! 들어갔어요! 이민혁이 기습적인 중거리 슈팅으로 골을 기록합니다!

—아~! 레알 마드리드의 수비수들, 허탈하다는 표정을 짓고 있어요! 이민혁 선수의 슈팅을 배제하면 안 됐죠! 이 선수가 누굽니까! 세계 최고의 슈팅 능력을 지닌 선수이지 않습니까!

반면에 레알 마드리드의 공격 역시 만만치 않았다.

—우와아아! 카림 벤제마! 원더골입니다! 먼 거리에서 터닝슛으로 골을 기록했습니다! 도대체 발목 힘이 얼마나 강한 걸까요?

—괜히 월드클래스 스트라이커가 아니네요! 레알 마드리드에게 꼭 필요했던 골을 카림 벤제마가 만들어 냅니다! 이제 스코어는 3 대 1이 됐습니다!

카림 벤제마, 크리스티아누 호날두를 투톱으로 세우고, 루카 모드리치 이스코, 토니 크로스가 도와주는 레알 마드리드의 화력은 대단했다.

첫 골을 기록한 이후에도 레알 마드리드는 좋은 슈팅을 두 차례 시도하며 아틀레티코 마드리드의 골 망을 위협했다.

하지만 더 효율적인 공격을 한 팀은 아틀레티코 마드리드였다.

─디에고 고딘, 전방으로 길게 패스를 찔러 넣습니다! 어어? 이게 연결되나요?! 최전방으로 뛰어가던 이민혁이 공을 받아 냅니다! 엄청난 속도네요! 그리고 놀라운 트래핑 능력입니다!

─단 한 번의 패스로 레알 마드리드의 수비가 뚫렸어요! 이케르 카시야스, 골대를 두고 튀어나옵니다!

이케르 카시야스.

비록 3골을 허용하긴 했지만, 오늘 좋은 컨디션으로 놀라운 선방을 몇 차례 보여 줬던 레알 마드리드의 수호신.

그런 이케르 카시야스가 지금은 이민혁의 앞에서 주저앉은 채, 좌절하고 있었다.

─이민혁! 골입니다! 카시야스 골키퍼를 가볍게 제쳐 내고 마무리하네요! 역시 이 선수의 개인 기량은 세계 최고입니다!

이민혁은 골을 기록한 채, 팬들을 향해 4개의 손가락을 들어 올렸다.

그리고 지금.

그 모습을 본 선수 하나가 붉게 달아오른 얼굴로 고함을 쳤다.

*   *   *

"이 멍청이들아! 너희 대체 뭐하냐고!"

크리스티아누 호날두의 고함이 경기장에 울려 퍼졌다.

그는 분노하고 있었다. 터질 듯 달아오른 얼굴을 한 채, 동료들을 강하게 질타했다.

"이따위로 해서 뭘 하겠다는 거야?! 이기고 싶긴 한 거냐?"

레알 마드리드 선수들의 얼굴도 붉게 달아올랐다.

이들 역시 분노하고 있었다.

자신들이 크게 밀리고 있다는 사실에 분노했고, 동료인 크리스티아누 호날두의 말에 자존심이 상해서 분노했다.

'크리스티아누 저 자식, 지도 오늘은 특별히 보여 준 거 없으면서 지랄이네.'

'저 자식, 팬들 앞에서 왜 저러는 거야? 하… 쪽팔리게.'

'지가 이민혁 정도만 해 줬으면 스코어는 달라졌을걸?'

'미친놈, 또 난리네.'

레알 마드리드 선수들의 분노는 경기력에 좋은 영향을 미치지 못했다.

오히려 더욱 흔들리기 시작했다.

―후반전이 시작됩니다! 레알 마드리드가 후반전엔 유의미한 변

화를 만들어 낼 수 있을까요?

―레알 마드리드가 빠른 템포로 빌드업을 해 나가고 있습니다. 추가골을 최대한 빠르게 뽑아내기 위함이겠죠~! 카세미루, 루카 모드리치에게 패스합니다. 모드리치, 두 명을 상대로 공을 뺏기지 않습니다! 대단한 탈압박입니다! 모드리치, 압박을 벗어납니다. 크리스티아누 호날두에게 연결하네요!

―크리스티아누 호날두, 빠른 패스! 아~! 벤제마에게 보낸 패스였는데, 이 패스가 아틀레티코 마드리드의 수비에 막히네요! 크리스티아누 호날두가 짜증을 내고 있습니다!

레알 마드리드 선수들의 개인 기량은 뛰어났지만, 지금처럼 가장 중요한 순간마다 패스에서 실수가 나왔다.

게다가 아틀레티코 마드리드의 역습은 매번 위협적인 장면을 만들어 냈다.

―지금 저러고 있을 때가 아니죠! 이제 공수가 바뀌었습니다. 레알 마드리드의 선수들은 빠르게 복귀해서 진형을 회복해야 합니다!

―루카스 에르난데스, 코케에게 공을 연결합니다. 코케, 대각선에 있는 이민혁에게 롱패스를 뿌립니다! 좋은 선택이죠~! 이민혁은 어지간한 공은 다 받아 낼 수 있는 선수거든요.

어느새 중앙선을 넘어 오른쪽 측면으로 달리던 이민혁은 코케가 보낸 패스를 안정적으로 받아 냈다. 더불어 달려드는 카세미루까지 어깨로 튕겨 냈다.

퍼억!

―카세미루가 넘어집니다! 이민혁이 몸싸움에서 카세미루까지 압도하네요!

―놀랍네요! 카세미루는 강인한 선수인데, 이민혁과의 몸싸움에서 쉽게 나가떨어지고 맙니다!

카세미루가 나가떨어진 지금, 이민혁의 앞엔 마르셀루가 서 있었다.

월드클래스 풀백 마르셀루, 그는 애써 미소를 지으며 이민혁을 도발했다.

"이봐, 덤벼 봐. 난 카세미루처럼 쉽게 놔주지 않을 거야."

"그래, 막아 봐."

"자신감이 넘쳐 보이네? 하지만 넌 이곳으로 온 걸 곧 후회하게 될 거야."

"말이 참 많은 친구네."

이민혁은 더 이상 말을 섞지 않았다.

세르히오 라모스에게 했던 것처럼, 그저 공을 몰고 전진할 뿐이었다.

*　　　　*　　　　*

마르셀루 비에이라.

월드클래스 풀백인 그는 이민혁을 강하게 도발했다.

어떻게든 흔들기 위함이었다.

그렇지 않으면 상대하기 힘들다는 걸 알고 있었으니까.

'전처럼 당할 수는 없어.'

이미 이민혁에게 당해 봤던 기억이 머릿속에 생생했다.

마르셀루는 잔뜩 긴장한 채, 이민혁의 움직임을 주시했다.

'이 자식, 조금도 망설이지 않고 다가오잖아……? 제길, 내가 그렇게 만만하다는 거냐?!'

이민혁의 움직임은 막힘이 없었다.

마르셀루를 조금도 어려워하지 않는다는 게 이민혁의 움직임에서 훤히 드러났다.

으드득!

마르셀루가 강하게 이를 갈았다.

절대 쉽게 뚫리지 않겠노라 각오를 다졌다.

'나까지 라모스처럼 당할 순 없지.'

공을 뺏지 못하면 최소한 넘어뜨리기는 하겠노라 다짐했다.

휘익! 휙!

상체를 흔들고, 동시에 공을 컨트롤하며 페인팅을 주는 이민혁을 향해.

타앗!

마르셀루가 고속으로 슬라이딩태클을 시도했다.

일반적으로 볼 수 있는 슬라이딩태클은 아니었다.

양쪽 다리 모두를 넓게 뻗는 변칙적인 태클이었다. 자칫 반칙이 선언될 수도 있는 동작이었지만, 이민혁을 막기 위해서라면 위험을 감수할 필요가 있었다.

—마르셀루, 과감한 태클!

이민혁은 재빨리 공을 컨트롤하며 뒷걸음질을 쳤지만, 마르셀루의 발이 더 빨랐다.

휘익!

이민혁은 뻗어진 마르셀루의 발을 피해 내며 공의 밑부분을 툭 올려 찼다.

쉬익!

공이 붕 떠올랐다.

이민혁은 그 공을 한 번 더 차 올렸다.

동시에.

땅을 강하게 박차고 뛰어오르며 상체를 뒤로 젖혔다.

그 순간, 관중석에선 거대한 함성이 터져 나왔다.

우어어어어어어어어!

해설들 역시 깜짝 놀라서 소리쳤다.

—우오오오오오?! 이민혁! 이게 뭔가요?!

—백덤블링입니다! 이민혁이 백덤블링으로 마르셀루의 태클을 피해냅니다! 허허… 허허허! 이런 플레이가 현실에서 가능했던 거

군요……?

　─이민혁 선수는 최고의 실력을 지녔으면서 팬들을 열광하게 하는 화려한 기술까지 보여 주네요! 게다가 상대가 마르셀루였습니다! 세계 최고의 풀백 중 하나인 마르셀루를 이런 식으로 상대하다니요!

　가장 놀란 건 마르셀루였다.
　그는 눈을 동그랗게 뜬 채, 백덤블링을 한 이민혁을 바라봤다.
　"이, 이럴 수가 있어……?"
　반면, 이민혁은 씨익 웃으며 양팔을 하늘 높이 휘저었다. 팬들을 향해 더욱 함성을 지르라는 의미였다.
　효과는 즉시 나타났다.

　─이민혁이 함성을 끌어내고 있습니다! 그 즉시 거대한 함성이 터져 나오네요! 아틀레티코 마드리드 내에서 최고의 인기를 지닌 선수답습니다!
　─가장 인기가 많은 선수가 백덤블링으로 슬라이딩태클을 피해 내는 모습까지 보여 주니, 함성이 안 나올 수가 없죠~!

　마르셀루의 수비를 뚫어 낸 지금.
　이민혁은 그대로 크로스를 뿌려 냈다.

　[상대의 풀백을 제치고 크로스를 올렸습니다!]
　['정교한 크로스' 스킬 효과가 발동됩니다!]

[크로스의 정확도가 대폭 상승합니다.]

[20% 확률로 '예리한 패스' 스킬 효과가 발동됩니다!]
[패스의 정확도가 대폭 상승합니다.]

―이민혁이 크로스를 뿌립니다!

공은 정교하고 날카로운 궤적을 그리며 레알 마드리드의 페널티박스 안으로 휘어져 들어갔다.
정확히 앙투안 그리즈만을 노린 크로스.
앙투안 그리즈만은 키가 크진 않지만, 좋은 헤딩 능력을 지닌 선수.
그는 아틀레티코 마드리드의 주전 선수답게 이민혁의 크로스를 강한 헤딩 슈팅으로 연결했다.

―고오오오오올! 앙투안 그리즈만입니다! 강력한 헤딩으로 골을 기록했습니다!
―이민혁의 크로스는 볼 때마다 완벽하네요~! 게임에서도 보기 힘든 궤적의 크로스입니다!
―누구도 따라 할 수 없는 크로스죠~!

앙투안 그리즈만.
오늘 2골을 기록한 그는 세리머니를 펼친 뒤, 이민혁을 끌어안았다.

"민혁! 넌 역시 최고야! 그냥 머리만 가져다 대니까 골이 되던데?"

"그리즈만의 헤딩도 좋았어요. 이러다가 오늘 해트트릭하겠는데요?"

"하하! 네가 방금 같은 패스를 또 주면 해드드릭도 가능하겠지. 그나저나 너의 크로스는 배운다고 되는 게 아닌 것 같더라. 아무리 연습해도 안 돼."

"대신 그리즈만은 슈팅이 좋잖아요. 오프 더 볼 움직임도 최고고요. 잘하는 걸 더 발전시키면 되죠."

"정말 고마워. 앞으로도 많이 배울게. 너에게 배우고 난 뒤로 확실히 실력이 좋아졌어."

"당신처럼 뛰어난 선수를 가르치면 저에게도 배울 점이 있어요. 오히려 제가 감사할 정도예요."

오히려 더 감사하다는 이민혁의 말은 거짓말이 아니었다.

진심이었다.

눈앞에 떠오른 메시지를 보면 그럴 수밖에 없었다.

[직접 가르친 앙투안 그리즈만이 헤딩 슈팅으로 골을 기록했습니다.]

[보상으로 경험치가 10% 증가합니다.]

[퀘스트를 완료하셨습니다!]

[퀘스트 내용: 앙투안 그리즈만의 골을 도와 자신감을 높여 주세요.]

[앙투안 그리즈만의 자신감이 대폭 향상됐습니다.]

[보상으로 경험치가 10% 증가합니다.]

앙투안 그리즈만뿐만 아니라 다른 동료들에게도 감사함을 느꼈다.

경기가 진행되는 동안 떠오르는 메시지들 때문이었다.

[직접 가르친 가비가 좋은 패스로 어시스트를 기록했습니다.]
[보상으로 경험치가 10% 증가합니다.]

[직접 가르친 사울……]
…….

[레벨이 올랐습니다!]

*　　　　*　　　　*

[스탯 포인트 2를 사용하셨습니다.]
[수비 능력치가 2 상승합니다.]
[현재 수비 능력치는 74입니다.]

"좋아. 레벨이 오르는 속도가 굉장히 빨라졌는걸?"
이민혁이 만족스러운 얼굴로 동료들을 바라봤다.
이렇게 경험치를 준다면, 더욱 열심히 가르칠 수밖에 없다는 생각이 들었다.

'경기는 많이 기울었어.'

스코어가 벌어진 상황이었기에 아틀레티코 마드리드 선수들의 자신감은 더욱 높아졌다.

자신감이 높아지고 여유가 생기자, 실수가 줄고 플레이도 더욱 날카로워졌다.

현재 스코어는 6 대 1.

사실상 역전을 당하기 힘든 상태였다.

'그러면 이제부턴 더욱 적극적으로 동료들을 도와 볼까?'

직접 골을 넣는 것도 좋지만, 동료들에게 도움을 주는 것도 좋았다.

특히, 동료들에게 도움을 주면 많은 경험치를 받는다.

돕지 않을 이유가 없었다.

—이민혁이 원터치로 공을 돌려놓습니다! 센스 넘치는 패스! 앙투안 그리즈만이 공을 받습니다! 그리즈만, 왼발! 고오오오오올! 깔끔한 마무리였습니다!

—앙투안 그리즈만이 오랜만에 해트트릭을 기록하네요!

—이민혁, 굉장한 돌파입니다! 2명을 제쳐 내고 레알 마드리드의 왼쪽 측면을 뚫어 냈습니다! 크로스를 올리나요? 아! 돌파였습니다! 이민혁이 레알 마드리드의 페널티박스 안으로 침투합니다! 레알 마드리드, 위기예요!

—이민혁이라면 이런 상황에서 빠른 템포로 슈팅을 때릴 수도 있죠! 오?! 패스입니다! 이민혁이 슈팅하는 척 패스를 했습니다! 뒤에서 달려오던 코케가… 때립니다! 오오오오! 고오오오오오올!

오늘 코케의 슈팅 컨디션이 아주 좋네요!

—레알 마드리드의 수비수들을 완벽하게 속여 낸 이민혁의 패스도 대단했습니다! 이민혁, 오늘만 5개의 도움을 기록하고 있습니다! 평소엔 특급 골잡이였다면 오늘만큼은 특급 도우미네요!

물론 레알 마드리드 역시 적극적인 공격을 시도했고, 결국엔 아틀레티코 마드리드의 수비도 흔들렸다.

특히 크리스티아누 호날두는 가장 적극적으로 골을 노리는 선수였다.

다만, 골은 크리스티아누 호날두에게서 나오지 않았다.

—카림 벤제마입니다! 루카 이스코의 패스를 받아 그대로 골로 연결하네요~! 오늘 레알 마드리드에서 유일하게 골을 넣고 있습니다!

레알 마드리드에서 가장 위협적인 공격을 보여 주고 있는 선수는 카림 벤제마였다.

반면, 크리스티아누 호날두는 무리한 슈팅을 남발하며 레알 마드리드의 공격 기회를 여러 번 날려 버렸다.

명성에 걸맞지 않은 플레이였고, 레알 마드리드의 팬들은 그런 크리스티아누 호날두의 플레이에 분노를 표출했다.

"젠장! 크리스티아누 저 자식, 도대체 뭐 하는 거야? 오늘 왜 저래?"

"크리스티아누 호날두 맞아? 왜 저렇게 멍청한 플레이를 자꾸 하는 거야? 그 상황은 욕심을 낼 때가 아니었잖아!"

"호날두가 벌써 3번의 기회는 날려 먹은 것 같아. 그리고 프리킥은 왜 자꾸 차려는 거야? 넣지도 못하면서!"

"하! 내가 이딴 경기력을 보려고 이곳에 온 게 아닌데……."

"호날두는 성질만 낼 줄 알지, 오늘 보여 준 실력은 이민혁의 빈도 못 따리기꼈네."

이처럼 레알 마드리드의 팬들은 호날두에게 분노했지만, 의외로 수비수들에겐 화를 내지 않고 있었다.

"짜증이 나지만, 세르히오 라모스를 욕하긴 좀 그래. 라모스가 아니라 네스타나 스탐이 돌아와도 이민혁을 막진 못했을 거야."

"바르셀로나의 피케도 탈탈 털렸잖아? 솔직히 이민혁은 막을 수 있는 선수가 아니야. 쟨 완전히 다른 수준이잖아."

"상대가 이민혁이니까 마르셀루가 뚫리는 건 이해해. 근데 공격은 제대로 해야지!"

"이민혁을 막는 건 포기하자. 쟨 못 막아. 그냥 아틀레티코 마드리드보다 더 많은 골을 넣었으면 좋겠어."

레알 마드리드의 팬들.

이들은 이민혁을 인정하고 있었다.

이민혁이 인정할 수밖에 없는 경기력을 펼치고 있었으니까.

같은 시각.

아틀레티코 마드리드의 팬들은 크게 기뻐하고 있었다.

"우리가 라리가 최강의 팀 중 하나를 압도하고 있어! 바르셀로나와 레알 마드리드 모두 우리에게 안 되는구나! 이건 정말 믿을 수 없는 일이야! 이민혁이 온 뒤로 아틀레티코 마드리드가 완전히 달라졌어!"

"잘한다 잘해! 이민혁뿐만 아니라 오늘은 모든 선수가 잘하고 있잖아? 으흐흐! 경기를 볼수록 시력이 좋아지는 기분이야!"

"최근에 이민혁이 동료들에게 축구를 가르치고 있다더니만, 확실히 팀의 경기력이 좋아졌어! 바르셀로나전 때보다 더 강한 느낌이야."

"이민혁의 연료는 끝이 없나 봐. 쉬지 않고 레알 마드리드를 부숴 버리고 있어!"

"하하하! 이게 도대체 뭐야? 이민혁은 사실 로봇이지 않을까? 어떻게 사람이 좌우 측면과 중앙을 전부 다 오가면서 완벽한 플레이를 할 수가 있지? 또, 스위칭하는 타이밍도 너무 완벽하잖아?"

"이민혁이 아틀레티코 마드리드에 온 건 축복이야!"

"오늘 레알 마드리드는 제대로 굴욕을 맛보겠어!"

"크리스티아누 호날두는 이민혁을 도발한 대가를 제대로 치르고 있군!"

이민혁은 팬들의 환호를 받으며 더욱 열심히 뛰어다녔다.

후반전 내내 쉬지 않고 뛰어다녔고, 쉬지 않고 레알 마드리드를 괴롭혔다.

최전방 스트라이커로 출전했지만, 사실상 프리롤이었기에 이민혁은 경기장 전부를 돌아다녔다.

필요한 순간이라면 수비진까지 내려가서 태클을 했고, 상대의 공을 빼앗아 냈다.

지금도 그랬다.

―레알 마드리드의 역습입니다!

레알 마드리드의 역습이 펼쳐졌고.

크리스티아누 호날두가 공을 잡고 빠르게 튀어 나갔다.

그리고.

그의 뒤를 이민혁이 뒤쫓기 시작했다.

—이민혁 선수가 엄청난 속도로 달리고 있습니다! 크리스티아누 호날두와 이민혁의 거리가 빠르게 좁혀지고 있습니다!

—우워… 이게 뭔가요?! 보고도 믿을 수가 없네요! 크리스티아누 호날두도 속도가 굉장히 빠른 선수거든요? 그런데 이민혁은 그보다 훨씬 더 빠릅니다! 이 정도면… 단거리 육상대회에 나가야 하는 거 아닌가요?!

이민혁은 크리스티아누 호날두와의 거리를 빠르게 좁히고 있었고.

"내가 바로 크리스티아누 호날두다! 이 허접들아!"

크리스티아누 호날두는 그 사실을 모르고 있었다.

Chapter. 2

크리스티아누 호날두는 자존심이 강한 선수다.

자신이 꼭 최고여야만 하는 남자였다.

그는 자신보다 더 뛰어난 활약을 하는 선수를 질투했다. 그 정도가 심해서 오롯이 경기에만 집중해야 하는 상황에서도 상대를 신경 썼다.

지금도 그랬다.

크리스티아누 호날두는 오늘 최고의 활약을 펼치고 있는 이민혁을 의식하며 크게 소리쳤다.

"내가 바로 크리스티아누 호날두다! 이 허접들아!"

경기장에 있는 모두를 향한 외침이었다.

크리스티아누 호날두는 진심으로 믿고 있었다.

자기 자신이 최고의 선수라고.

실력만큼은 이민혁이나 리오넬 메시보다도 자신이 더 뛰어나다고.

"내가 제대로 보여 주마!"

씨익!

스스로에 대한 믿음만큼이나 크리스티아누 호날두의 실력은 뛰어났다. 공을 컨트롤하면서도 안정적으로 드리블을 하며 골대를 향해 튀어 나갔다.

스피드도 빨랐다. 뒷공간을 좋은 타이밍에 먼저 파고들긴 했지만, 그래도 아틀레티코 마드리드의 수비수들이 쉽게 거리를 좁히지 못할 정도였다.

이때, 크리스티아누 호날두의 시야에 상대 골키퍼의 모습이 들어왔다.

"흥! 저 골키퍼 자식, 겁먹었군!"

바짝 얼어서 튀어나오지도 못하고 있는 골키퍼를 보며, 크리스티아누 호날두의 한쪽 입꼬리가 치솟았다.

자신의 기세에 눌려 제대로 반응도 하지 못하는 것이라 믿었다. 실제로 그런 일들은 종종 일어나고 있었으니까.

"우선 한 골."

크리스티아누 호날두는 여전히 비웃음을 머금은 채, 다리를 휘둘렀다.

적당한 파워로 골대 상단 구석을 노리는 슈팅을 때릴 생각이었고, 호날두의 발은 공을 향해 빠르게 휘둘러졌다.

그런데 이때.

크리스티아누 호날두의 눈엔 보였다.

자신의 발이 아닌, 다른 누군가의 발이 더 먼저 공에 닿는 장면이.

"응?! 이게 무슨……."

크리스티아누 호날두는 말을 끝마치지 못했다.

"엽?!"

골이 코앞까지 왔다고 생각했던 상황.

그런 상황에서 슬라이딩태클에 공을 빼앗긴 크리스티아누 호날두는 바닥에 엎어진 채, 떨리는 눈으로 자신의 공을 뺏은 선수를 바라봤다.

"이… 민… 혁……!"

떨리던 크리스티아누 호날두의 눈이 붉어지기 시작했다. 얼굴도 벌겋게 달아올랐다.

'감히 나의 골을 뺏어 가다니! 그것도 꼴 보기 싫던 이민혁이!'

급격히 분노가 차오르는 분노를 뿜어내려던 지금, 크리스티아누 호날두의 눈이 커졌다.

"이… 미친놈, 지금 뭐 하냐?!"

산전수전 다 겪은 크리스티아누 호날두였지만, 지금만큼은 당황할 수밖에 없었다.

이민혁이 뺏은 공을 몰고 자신을 향해 달려오고 있었으니까.

해설들 역시 이해할 수 없는 이민혁의 행동에 당혹감을 드러냈다.

―이, 이민혁 선수가 크리스티아누 호날두를 향해 달려가는

것… 같죠?

─무슨… 의도일까요?

경기를 지켜보는 관중들과 축구 팬들 역시 실시간으로 당황하고 있었다.

"뭘 하려고……?"

"…왜 저래?"

"뭐야?!"

"이민혁 쟤, 왜 호날두한테 달려가지?"

바닥에서 몸을 일으키려는 크리스티아누 호날두와 공을 몰고 전진하는 이민혁의 거리가 순식간에 가까워졌다.

두 남자는 금방이라도 부딪칠 것처럼 위태로워 보였다.

"어어? 위험해! 이러다 부딪치겠어!"

"피해! 그러다 다친다고!"

"어어어어?! 조심해!"

"으악! 부딪친다……!"

관중들이 깜짝 놀라서 소리를 질렀고.

그제야 이민혁은 의도했던 움직임을 펼치기 시작했다.

툭! 투웅!

공을 포물선으로 띄워 당황한 얼굴로 몸을 일으키고 있는 크리스티아누 호날두의 머리 위를 넘기게 했다.

그와 동시에 이민혁은 몸을 빠르게 회전하며 크리스티아누 호날두와의 접촉을 피했다.

보통의 선수라면 피할 수 없는 거리였지만, 민첩 능력치가 120인 이민혁에겐 충분히 가능한 일이었다.

또한, 포물선으로 넘긴 공을 다시 잡아 내는 것도 이민혁에겐 어렵지 않은 일이었다.

―우오오오오오오오! 이게 뭔가요? 이민혁이 놀라운 움직임을 보여 줍니다! 공을 호날두의 머리 위로 넘긴 다음에 다시 공을 받아 냈습니다! 이게 뭐죠? 이민혁이 크리스티아누 호날두를 도발한 것일까요?

이민혁의 움직임은 누가 봐도 도발에 가까웠다.

누구도 따라 하지 못할, 화려한 도발이었다.

그 누구도 하지 못했던 것이었기에, 실시간으로 경기를 지켜보던 축구 팬들은 열광할 수밖에 없었다.

특히 한국의 팬들은 가장 뜨겁게 열광했고, 너무나도 즐거워했다.

└ㅋㅋㅋㅋㅋㅋㅋㅋㅋㅋㅋㅋㅋㅋ이거 뭐냐?ㅋㅋㅋㅋ아ㅋㅋㅋㅋ이민혁이 이런 것도 보여 주네ㅋㅋㅋㅋㅋㅋ

└ㅋㅋㅋㅋㅋㅋㅋㅋ얼ㅋㅋㅋㅋ다들 호날두 표정 봤냐고ㅋㅋㅋㅋ

└ㅋㅋㅋㅋ진짜 뜬금없는 타이밍에 웃겨 주네ㅋㅋㅋㅋㅋㅋ개멋진 태클 보여 줘 놓고 갑자기 머냐고ㅋㅋㅋㅋ

└크리스티아누 호날두는 개빡칠 듯ㅋㅋㅋ 경기 전에 도발은 다해 놨는데, 실력에서 털리고 공도 뺏기고 도발까지 당하네ㅋㅋㅋㅋㅋㅋㅋ

ㄴ호날두 이 새끼ㅋㅋㅋ맨날 지가 농락만 해 봤지, 이렇게 당해 보는 건 처음일 거야ㅋㅋㅋㅋㅋ

ㄴ이민혁은 이제 크리스티아누 호날두도 가지고 놀 정도로 잘 해졌구나;;;;;; 쟤 우리나라 선수 맞아? 걍 스페인이랑 브라질, 프 랑스, 네덜란드 선수들의 장점을 다 합친 것 같은데;;;;

ㄴ이민혁이 진짜 지리긴 한다ㄷㄷㄷ 호날두한테 이렇게 할 수 있는 선수가 누가 있겠음?ㄷㄷ

반면, 크리스티아누 호날두는 너무 당황해서 화를 낼 생각도 하지 못했다.

그때였다.

크리스티아누 호날두의 눈엔 보였다.

한쪽 입꼬리를 올린 채, 자신을 쳐다보는 이민혁의 모습이.

"저 새끼가⋯⋯!"

저 진한 비웃음을 본 순간.

크리스티아누 호날두는 알 수 있었다.

"감히 나를 농락해⋯⋯?!"

이민혁이 자신을 농락한 것이라는 걸.

*　　　　*　　　　*

크리스티아누 호날두를 농락한 지금.

이민혁은 전방을 향해 패스를 뿌리며 씨익 웃었다.

"혹시 몰라서 해 봤는데, 진짜 주네?"

크리스티아누 호날두를 농락했던 것.

꼭 하고 싶어서 했던 건 아니었다.

경기장에서 상대를 대놓고 농락하는 건 이민혁의 취향이 아니었으니까.

호날두를 농락한 건 그저 단순한 실험이었다.

그리고 그 결과는 만족스러웠다.

[퀘스트를 완료하셨습니다!]

[퀘스트 내용: 상대 팀의 에이스를 농락하는 모습을 보여 동료들의 사기를 끌어 올리세요.]

[앙투안 그리즈만의 기세가 강해졌습니다.]

[가비의 기세가 강해졌습니다.]

[코케의 기세가 강해졌습니다.]

[디에고 고딘의……]

…….

…….

[보상으로 경험치가 대폭 증가합니다.]

[보상으로 경험치가 대폭 증가합니다.]

[보상으로 경험치가……]

…….

"근데 저 사람, 많이 화난 것 같던데."

이민혁은 크리스티아누 호날두의 표정을 기억했다.

분명 자신을 죽일 듯 노려보고 있었다.

"지금은 좀 나아졌으려나?"

그러길 바라며, 이민혁은 크리스티아누 호날두를 향해 고개를 돌렸다.

그 즉시, 따가운 눈빛을 쏘고 있는 호날두의 모습이 보였다.

"아직도 저러고 있네."

이민혁은 멋쩍게 웃으며 다시 고개를 돌렸다.

"어쩔 수 없지 뭐."

상대의 화를 풀어 줄 생각은 없었다.

그런 건 경기가 끝난 뒤에 해도 충분하다고 생각했고, 지금은 경기에만 집중할 시간이었다.

그리고.

이민혁의 집중력은 매우 뛰어났다.

ㅡ이민혁이 공을 지켜 냅니다! 2명에게 강한 압박을 받으면서도 여유가 느껴지죠? 마법과도 같은 이민혁의 탈압박입니다!

ㅡ정말 환상적이네요~! 이민혁, 측면에 있는 코케에게 안정적으로 공을 연결합니다.

ㅡ지금 이민혁 선수를 보시면 중원에서 중앙 미드필더처럼 패스를 뿌린 이후에, 곧바로 최전방으로 뛰어나가고 있죠? 이런 움직임이 레알 마드리드 선수들을 힘들게 하는 겁니다. 이민혁을 막으려면 다른 경기 때보다 훨씬 더 많이 뛸 수밖에 없거든요!

ㅡ코케, 측면에서 크로스를 올립니다! 아! 바닥에 낮게 깔리는 크로스였네요!

측면에서 강하게 깔아 찬 패스.

허를 찌른 패스였기에, 레알 마드리드의 수비수들은 빠르게 반응하지 못했다.

공을 걷어 내야 할 타이밍에 그러지 못했고, 공은 세르히오 라모스를 지나 더욱 깊숙힌 곳으로 굴리겼다.

앙투안 그리즈만은 그 공을 향해 발을 뻗었다.

하지만 그는 발을 뻗은 순간 알고 있었다.

자신의 발이 닿기엔 공의 속도가 너무 빠르다는 것을.

그래서.

앙투안 그리즈만은 바닥으로 미끄러지며 왼쪽으로 고개를 돌렸다. 그곳엔 세상에서 가장 믿음직한 동료가 공을 향해 발을 뻗고 있었다.

―고오오오오오오올! 이민혁입니다! 이민혁이 골을 기록했습니다! 해트트릭이네요! 이야~! 오늘 특급 도우미로 활약하던 이민혁이 기어코 해트트릭까지 기록합니다!

―이게 바로 이민혁의 무서운 점입니다! 방금까지 탈압박을 하며 측면으로 공을 연결해 준 선수가 어느새 페널티박스 안으로 침투해서 골을 기록하다니요! 이런 움직임을 대체 누가 따라 할 수 있을까요!

―대단합니다! 이민혁은 이제 오프 더 볼 움직임까지 완벽한 선수가 되었네요! 자신이 가진 무기들을 너무나도 잘 이용하고 있습니다!

FC 바르셀로나가 무너졌던 것처럼.

레알 마드리드 역시 이민혁의 앞에서 무너져 내렸다.

후반전이 진행되는 내내, 이민혁은 적극적으로 뛰어다니며 슈팅을 때리고, 킬패스를 뿌려 댔다.

레알 마드리드는 큰 점수 차로 밀리고 있었음에도 수비에만 집중할 수밖에 없었다.

그만큼 이민혁과 아틀레티코 마드리드의 화력은 강력했다.

삐이이이이익!

경기가 종료된 지금.

오늘 펼쳐진 경기는 전 세계적으로 큰 화제가 됐다.

아틀레티코 마드리드가 FC 바르셀로나를 10 대 3으로 꺾었을 때보다 훨씬 더 많은 관심을 끌었다.

그럴 수밖에 없었다.

그때보다 더 경악스러운 결과가 나왔으니까.

「레알 마드리드, 아틀레티코 마드리드에 처참한 패배! 13 대 2라는 역사에 남을 굴욕적인 스코어로 무릎 꿇어.」

「이민혁, 라리가의 최강팀 FC 바르셀로나와 레알 마드리드 모두 꺾어 내. 아틀레티코 마드리드를 라리가 최강의 팀으로 만든 축구황제!」

「축구황제 이민혁, 레알 마드리드에 4골 7도움 기록!」

「크리스티아누 호날두 농락한 이민혁, 지난 도발에 대한 복수였나?」

경기가 끝난 이후, 보통은 양 팀 선수들이 인사를 나눈다.

서로 수고했다고 말해 주는, 일종의 매너였다.

그런데, 지금은 그런 장면이 나오질 않았다.

레알 마드리드 선수들은 허탈한 얼굴로 바닥에 주저앉아 있었고.

아틀레티코 마드리드 선수들은 그들에게 쉽게 다가가지 못하고 있었다.

13 대 2.

너무나도 큰 점수 차이 때문에 일어난 상황이었다.

반면, 이민혁은 주변을 신경 쓰지 않고 있었다.

오로지 허공을 바라보고 있었다.

그의 눈앞에 떠오른 각종 메시지와 1개의 레벨이 올랐다는 메시지를 보며 좋아할 뿐이었다.

"좋아, 좋아. 이 정도면 경험치 폭탄이지!"

그때였다.

이민혁은 누군가 다가오는 것을 느끼곤, 하던 것을 멈추고 고개를 돌렸다.

"이민혁."

다가온 사람은 크리스티아누 호날두였다.

경기가 끝났음에도 붉게 달아오른 얼굴과 이글거리는 눈빛을 하며, 다가온 그는 이민혁을 향해 손을 내밀었다.

이민혁은 그 손을 맞잡으며 옅게 웃었다.

"수고하셨어요. 당신과 맞붙을 수 있어서 영광이었어요."

"민혁, 너 오늘 대단하더라. 우리를 완전히 바보로 만들었어."

"이길 때도 있고, 질 때도 있는 거죠."

"그런데 말이야……."

크리스티아누 호날두가 말을 끌었다.

이민혁은 알 수 있었다.

이제 곧 그의 진심이 나올 것이라는 걸.

그리고.

잠시 입술을 깨물던 크리스티아누 호날두가 여전히 이글거리는 눈을 한 채, 다시 입을 열었다.

"나는 아직도 내가 최고라고 생각해. 그러니까… 다음에 만나면 그땐 내가 이길 거야. 알겠냐?"

"하하! 저도 다음에 붙을 날을 기다리고 있을게요."

이민혁이 웃음을 터뜨렸다.

순수하게 기분이 좋아져서 나온 웃음이었다.

그런데.

"…응?"

$$* \qquad * \qquad *$$

경기가 끝난 이후, 크리스티아누 호날두와 대화를 하던 이민혁은 웃음을 터뜨렸다.

경기에서 진 것이 분했는지, 씩씩대며 다음엔 이기겠노라 말하는 크리스티아누 호날두의 모습이 웃겼기 때문이었다.

게다가 조금 전에 레벨이 올랐다는 메시지를 봐서 기분이 좋은 상태이기도 했다.

그런데 이때.

이민혁이 예상하지 못했던 메시지들이 떠오르기 시작했다.

[퀘스트를 완료하셨습니다!]

[퀘스트 내용: 세계 최고 수준의 신수인 크리스티아누 호날두에게 실력으로 인정받으세요.]

[보상으로 경험치가 20% 증가합니다.]

[퀘스트를 완료하셨습니다!]

[퀘스트 내용: 세계 최고 수준의 선수인 크리스티아누 호날두에게 짙은 패배감을 안겨 주세요.]

[보상으로 경험치가 20% 증가합니다.]

[퀘스트를 완료하셨습니다!]

[퀘스트 내용: 세계 최고 수준의 선수인 크리스티아누 호날두에게 도발했던 것을 후회하게 해 주세요.]

[보상으로 경험치가 20% 증가합니다.]

'이런 퀘스트도 있었어? 크리스티아누 호날두가 경기 전에 날 도발해서 그런 건가?'

이민혁이 고개를 갸웃거렸다.

정확한 원인을 파악하긴 힘들었다.

다만, 확실한 건 있었다.

"흐흐, 완전 개이득이네."

크리스티아누 호날두 덕에 아주 많은 경험치를 얻었다는 것이다.

이처럼 이민혁이 실실 웃자, 앞에 서 있던 크리스티아누 호날두가 인상을 찌푸렸다.

"뭐가 그렇게 좋아서 혼자 웃고 있어? 경기에서 이긴 게 그렇게 좋냐?"

크리스티아누 호날두의 공격적인 말에 이민혁은 미소를 지으며 답했다.

"개인적으로 기분 좋은 일이 생겨서요. 물론 경기에서 이긴 것도 기분 좋고요. 그런데⋯⋯."

이민혁은 되물었다.

"당신은 왜 그렇게 화가 많이 나 있어요? 경기에서 진 게 그렇게 분해요?"

"이 자식이⋯⋯! 그럼 화가 안 나겠냐? 내 실력을 제대로 보여 주지도 못하고 졌는데? 내가 가진 실력을 제대로 보여 줬으면, 분명 결과가 달라졌을 거야."

"예? 충분히 보여 주신 것 같던데?"

"뭐? 까불지 마! 너 그러다가 후회한다? 다음에 지면 어쩌려고 그러냐?"

크리스티아누 호날두가 으르렁거렸고.

이민혁은 씨익 웃으며 몸을 돌렸다.

"안 지면 되죠. 다음에도 이길 수 있게 열심히 할게요~!"

그렇게 동료들을 향해 걸어가며, 이민혁은 작게 중얼거렸다.

"⋯경험치 좀 많이 얻게 다음에도 도발해 주면 좋겠다."

＊　　　　＊　　　　＊

레알 마드리드와의 경기에서 무려 4골 7어시스트를 기록하며
압도적인 활약을 펼친 이민혁.

그의 활약을 향한 축구 팬들의 관심은 대단했다.

ㄴ한 경기에서 11개의 공격포인트라니… 이민혁은 역시 대단
해!!! 레알 마드리드를 완전히 발라 버렸잖아? 근데 너무 아쉽다.
난 이민혁이 EPL에서 더 뛰어 주길 바랐었다고…….

ㄴ진정한 축구의 신이구만. 한국은 좋겠어. 이민혁을 보유했잖
아?

ㄴ골과 어시스트 기록들도 대단하지만, 이민혁의 경기력 자체
가 말이 안 나올 정도로 압도적이었어. 드리블과 슈팅, 패스, 오프
더 볼 움직임 모두 완벽했다고.

ㄴ다들 이민혁을 축구황제라고 부르는데, 난 다르게 부르고 싶
어. 이민혁에게 더 잘 어울리는 별명은 퍼펙트맨이야. 난 이 남자
처럼 완벽한 축구선수를 본 적이 없어.

ㄴ분데스리가와 프리미어리그에 이어 라리가에서도 성공을 거
두는구나. 우리 모두 꿈을 꾸고 있는 거 아닐까? 이민혁이 이뤄 낸
것들이 이제 겨우 22세의 선수가 이룰 수 있는 업적이야?

ㄴ이민혁은 인간이 아니야. 얜 그냥 신이야. 그 누구도 뛰어넘
을 수 없을 거라고 말했던 리오넬 메시와 크리스티아누 호날두를
뛰어넘었고, 계속해서 발전하는 모습을 보여 주고 있잖아.

ㄴ혹시 이민혁이 얼마나 빠르게 발전하고 있는지 모르는 사람 있으면 꼭 과거의 영상들을 찾아 봐. 월드컵 때 경기와 분데스리가 때의 경기들을 보면 이민혁이 얼마나 미친놈인지 알 수 있을 거야.

ㄴ난 이민혁의 과거 경기 영상들 다 봤어. 정말 미쳤더군! 과거의 이민혁보다 현재의 이민혁은 모든 부분에서 좋아졌고, 심지어 과거보다 스피드도 빨라졌어!

ㄴ이민혁은 정말 놀라워! 이렇게나 어린 나이에 역사를 바꾸고 있다니!

스페인과 독일, 잉글랜드 등 이민혁이 뛰고 있거나, 뛰었었던 리그의 팬들은 당연히 이민혁에게 많은 관심을 보였고.

ㄴ워;;;;;;;;; 너무 잘한다 정말;;;; 이젠 이민혁을 보면 무서울 지경이야;;;;;

ㄴㅋㅋㅋㅋㅋㅋ보는 것만으로도 공포스러운데, 이민혁을 상대하는 상대 팀 선수들은 어떤 기분이겠냐ㅋㅋㅋㅋㅋ

ㄴㅇㅋㅋㅋㅋㅋ 그냥 차라리 귀신의 집에 들어가는 게 나을 듯. 이민혁 너무 무서워ㅋㅋㅋ 중앙선에서부터 달려서 크리스티아누 호날두 공 뺏어 낸 장면은 진심 호러였음ㅎㄷㄷ

ㄴ이민혁은 슈팅이 어떻게 그리 찰질까? 허투루 쏘는 슈팅이 없던데?

ㄴ전에 인터뷰 봤는데, 슈팅 연습 엄청나게 한다더라. 실제로 이민혁이랑 뛰었던 동료들이 했던 말 모름? 얘 그냥 축구에 미쳤대. 요즘 세계 최고라는 말을 들으면서도 여전히 축구에만 미쳐

있다더라.

　└리얼로 축구밖에 모르는 사람이네. 진짜 멋있다.

　└와ㅋㅋㅋㅋ이민혁 하나 영입했다고 AT 마드리드가 레알 마드리드를 13 대 2로 잡네ㅋㅋㅋㅋ 진짜 비현실적인 스코어인데, 이민혁이 있으니끼 현실적으로 느껴져ㅓㅓㅓㅓㅓ

　└레알 마드리드는 충분히 잘했어. 근데 어쩌겠어. 상대가 이민혁이잖아.

　늘 그랬듯, 한국 팬들도 뜨거운 반응을 보였다.

　심지어 일본의 축구 팬들까지 이민혁의 활약에 대단한 관심을 보였다.

　└이민혁 뭐냐……?

　└라리가 최강팀 중 하나인 레알 마드리드에게 4골 7도움… 지난번엔 바르셀로나한테 7골 2도움을 기록했지……? 하… 분하다… 일본은 도대체 언제 한국을 축구로 이길 수 있을까……?

　└그래도 우리 일본이 훨씬 더 선진국이잖아?

　└어이, 지금 축구 얘기하고 있잖아. 멍청이 같은 말은 하지 말라고.

　└이건 진짜야. 진짜 축구황제다. 브라질의 호나우두와 호나우지뉴, 그리고 리오넬 메시와 크리스티아누 호날두. 이 모두가 합체하면 이민혁 정도의 수준이 되겠어. 이민혁은 동양인이 맞는 거야? 왜 다른 동양인들과는 다르지? 어떻게 이민혁은 서양인들을 모든 부분에서 압도할 수 있는 거야?

ㄴ재능이지. 게다가 이민혁은 굉장히 노력을 많이 한다더군. 웨이트 트레이닝도 몇 년째 꾸준히 해 오고 있대. 그것도 아주 강한 강도로.

ㄴ대체 어떻게 하면 일본에서도 이민혁 같은 선수가 나올까?

ㄴ힘들어. 이민혁 같은 수준의 선수는 유럽에서도 안 나온다고.

ㄴ한국인들은 싫지만, 이민혁의 경기는 놓칠 수가 없다…….

ㄴ이민혁의 경기를 직접 보면 어떤 기분일까? 눈이 호강하겠지?

이처럼 전 세계적으로 축구 팬들에게 최고의 선수라고 칭송받고, 많은 관심을 받는 상황에서.

이민혁은 조금도 부담을 느끼지 않았다.

매번 최선을 다해서 뛸 뿐이었다.

「아틀레티코 마드리드, 레반테 상대로 완벽한 경기 펼치며 9 대 0 대승!」

「이민혁, 레반테전 6골 4어시스트 기록하며 모든 골에 관여해.」

「아틀레티코 마드리드, 레반테에 이어 레알 소시에다드까지 압도하며 리그 14연승 기록!」

「이민혁, 레알 소시에다드전에서 3골 4어시스트 기록하며 또다시 어나더클래스라는 걸 증명해!」

환상적인 활약을 펼치며 리그에서 연승을 이어 가던 이민혁에겐 더욱 좋은 일이 이어졌다.

"허허, 처음엔 정말 믿기지 않았는데, 세 번째쯤 되니까 조금은 익숙해지네요. 당사자인 이민혁 선수의 기분은 어때요?"

환하게 웃으며 말하는 피터의 말에 이민혁이 미소를 지으며 입을 열었다.

"저도 좀 익숙해지긴 했나 봐요. 세 번째는 그래도 첫 번째와 두 번째보단 덜 떨리네요. 그래도 기분이 좋은 건 똑같아요. 정말 엄청난 기분이에요."

"엄청난 기분이라… 그 정도의 표현으론 부족하지 않나요? 이민혁 선수는 무려 발롱도르 3회 연속 수상이라는 위대한 기록을 세우셨잖아요."

발롱도르 3회 연속 수상!

오늘 이민혁이 이뤄 낸 기록이었다.

동양인으로서, 한국인으로서 해낸 최초의 발롱도르 연속 3회 수상 기록이었고.

당연하게도 이민혁의 이름은 전 세계적으로 널리 퍼져나갔다.

펠레나 마라도나가 그랬듯, 축구에 관심이 없는 사람들도 축구황제 이민혁이라는 이름은 한 번쯤은 들어 보게 됐다.

이처럼 이민혁은 엄청난 유명세를 얻었고.

[퀘스트를 완료하셨습니다.]

[퀘스트 내용: 2017 FIFA 발롱도르를 수상하세요.]

[보상으로 경험치가 300% 증가합니다.]

[퀘스트를 완료하셨습니다.]
[퀘스트 내용: 3회 연속으로 FIFA 발롱도르를 수상하세요.]
[보상으로 경험치가 700% 증가합니다.]

[퀘스트를 완료하셨습니다.]
[퀘스트 내용: 2017 FIFA 푸스카스상을 수상하세요.]
[보상으로 경험치가 100% 증가합니다.]

[퀘스트를 완료하셨······.]
······.
······.

엄청난 경험치도 얻었다.
게다가.

[레벨이 올랐습니다!]
[레벨이 올랐습니다!]
[레벨이 올랐습니다!]
[레벨이 올랐습니다!]
······.
······.

레벨도 무려 12개나 올랐다.

때문에, 이민혁은 피터와 대화를 하면서도 계속해서 상태 창을 확인하고 있었다.

'우선 수비 능력치는 올려 줄 필요가 있고.'

마침 피터와의 대화도 끝이 났고, 이민혁은 상태 창에 더욱 집중했다.

'슈팅은 140으로 맞춰 주면 더 좋을 것 같아. 그리고 요즘 헤딩이랑 몸싸움으로 많은 재미를 보고 있으니까……'

*   *   *

짧은 고민이 끝이 났다.

이민혁은 12개의 레벨이 오르며 얻은 24개의 스탯 포인트를 전부 사용했다.

[스탯 포인트 4를 사용하셨습니다.]
[슈팅 능력치가 4 상승합니다.]
[현재 슈팅 능력치는 140입니다.]

[스탯 포인트 14를 사용하셨습니다.]
[수비 능력치가 14 상승합니다.]
[현재 수비 능력치는 90입니다.]

[스탯 포인트 6을 사용하셨습니다.]
[몸싸움 능력치가 6 상승합니다.]

[현재 몸싸움 능력치는 133입니다.]

이민혁의 입꼬리가 귀에 걸릴 정도로 대단한 성장이었다.

다만, 약간의 아쉬움은 남았다.

"스킬은 없네. 레벨이 350은 되어야 나오려나?"

스킬을 얻지 못했다는 것.

그 사실은 이민혁에게 아쉬움을 남겼다.

다만, 평소에 경험할 수 없는 많은 성장을 했기에 충분히 만족스러운 결과였다.

"이 맛에 열심히 축구하지."

이처럼 12개의 레벨이 오르고, 24개의 스탯 포인트로 능력치를 올린 이후.

이민혁의 경기력은 확실히 발전했다.

그 얼마나 발전했는지는 이어진 아틀레티코 마드리드의 일정에서 결과로 드러났고.

그 결과에 전 세계 축구 팬들은 경악할 수밖에 없었다.

「아틀레티코 마드리드, 리그 7위로 좋은 분위기 이어가던 레알 베티스에게 평생 기억될 악몽 선사해!」

「아틀레티코 마드리드, 레알 베티스전 18 대 0이라는 믿을 수 없는 스코어로 승리!」

「축구황제 이민혁, 레알 베티스에게 18개의 골 기록하며 라리가 한 경기 최다 골 기록 세워!」

「디에고 시메오네 감독, '오늘의 이민혁은 내가 봐 왔던 모습 중 최고였다. 향후 100년이 지나도 이민혁에 근접한 선수는 나오지 않을 것'이라며 이민혁을 향한 경외심 드러내.」

*   *   *

아틀레티코 마드리드가 레알 베티스전에서 만들어 낸 18 대 0 승리.

사실상 이민혁이 18골을 넣으며 만들어 낸 이 결과에.

팬들은 미친 듯 환호했다.

└이게 말이 되는 거야……? 18골? 18골이라고? 이거 진짜야? 오우… 이민혁은 도대체 뭐야……?

└레알 베티스가 불쌍하게 보일 정도였어. 경기가 진행되는 내내 계속 골이 터지니까 딴짓을 조금도 할 수가 없더라.

└하하! 진짜 골이 계속 터졌어. 라리가에서 이렇게 많은 골이 터진 경기를 보게 될 줄이야!

└이민혁은 분데스리가와 프리미어리그에 이어서 라리가의 역사도 다시 쓰고 있어! 지금까지 라리가에 이렇게나 위대한 선수는 없었다고!

└진짜 이민혁은 최고야!

└한 선수가 한 경기 18골을 기록할 수 있냐고? 이제는 우리 모두 '물론이지' 라고 대답할 수 있어.

└전부 이민혁 덕분이야.

└오늘의 이민혁은 상대 팀에겐 공포였어. 평소보다 더 강했고,

더 날카로웠지.

　ㄴ근데 이민혁의 수비는 원래 그렇게 좋았나?

　ㄴ그가 최전방에서 압박할 때마다 레알 베티스의 수비수들이 정신을 못 차리던데?

　ㄴ이민혁이 수비하는 모습을 꾸준히 봐 왔으면 알 수 있는 건데, 얘 수비가 계속 좋아지고 있어.도대체 얼마나 노력을 하는 건지 상상도 할 수 없을 정도야.

　ㄴ미치겠군! 우린 정말 운이 좋은 사람들이야! 이민혁이 앞으로 10년은 더 뛸 테니까, 우린 10년간 역사에 남을 축구황제의 경기를 볼 수 있는 거잖아?

　ㄴ이건 정말 경기를 본 사람이 승자야! 이민혁의 역대급 퍼포먼스를 볼 수 있는 경기였다고~!

　같은 시각.

　가장 최근 경기에서 18 대 0이라는 스코어로 승리한 아틀레티코 마드리드의 분위기는 무거웠다.

　특히, 선수들은 조금도 들떠 있지 않았다.

　놀라운 일이었다.

　보통 최근 경기에서 크게 승리하면 훈련 때 분위기가 좋아지는 경우가 많은데, 아틀레티코 마드리드의 훈련장은 너무나도 무거웠다.

　다만, 나쁜 분위기는 아니었다.

　선수들이 집중력을 높게 끌어올리고 있기 때문일 뿐.

　더 놀라운 일이 있었다.

지금은 모든 훈련이 끝난, 자유시간이라는 것.

아틀레티코 마드리드의 모든 선수가 자유시간에 훈련을 하고 있다는 것이었다.

얼마나 집중을 했는지, 고요해진 훈련장.

그곳에 한 남자의 목소리가 울려 퍼졌다.

"그리즈만, 방금은 너무 힘이 들어갔잖아요. 좋은 기회일수록 조금 더 침착하게, 더 정교하게 슈팅하는 게 중요해요."

남자는 이민혁이었다.

모든 선수가 그의 목소리에 집중했고, 특히 그에게 지목된 앙투안 그리즈만은 필사적으로 이민혁의 말에 귀를 기울였다.

"더 정교하게… 알겠어, 계속 기억하고 있을게!"

"그리고 방금은 오른발로 슈팅하는 게 더 좋은 각도였어요. 알고도 왼발로 슈팅한 거죠? 왼발이 더 자신 있으니까?"

"…그랬지."

"방금과 같은 상황에서 쓰려고 오른발도 열심히 연습하고 있잖아요."

"이게 본능적으로 왼발을 쓰려고 하는 것 같아. 아무래도 가장 편하니까……."

"불편한 걸 계속 시도하며 이겨 내려고 해야 해요. 시도하지 않으면 영원히 질 수밖에 없거든요."

"고마워. 계속 의식하면서 오른발도 쓰려고 해 볼게."

"그리즈만이라면 극복할 수 있을 거라고 믿어요."

이처럼 선수들이 각자 발전시키고 있는 분야를 훈련하고 있고, 이민혁은 넓은 훈련장을 돌아다니며 동료들에게 조언을 남졌다.

'아오… 어색해! 이건 도무지 익숙해지지가 않네.'

앙투안 그리즈만과의 대화를 마치고 다른 동료에게 다가가며, 이민혁은 머리를 긁적였다.

훌륭한 실력을 지닌 선수들에게 조언하는 건 쉬운 일이 아니었다.

더구나 자신이 감독이나 코치였다면 모를까, 자신 역시 한 명의 선수이지 않은가.

그래도.

이민혁이 이렇게 시간을 내면서까지 동료들을 가르치는 것엔 이유가 있었다.

그 이유는.

지금도 눈앞에 떠오르고 있었다.

[퀘스트를 완료하셨습니다!]
[퀘스트 내용: 앙헬 코레아의 돌파 능력을 발전시키세요.]
[앙헬 코레아의 돌파 능력이 조금 발전했습니다.]
[보상으로 경험치가 대폭 증가합니다.]

[퀘스트를 완료하셨습니다!]
[퀘스트 내용: 앙투안 그리즈만의 골 결정력을 발전시키세요.]
[앙투안 그리즈만의 골 결정력이 조금 발전했습니다.]
[보상으로 경험치가 대폭 증가합니다.]

동료들을 가르치면서 얻게 되는 경험치들.

이게 생각보다 더 쏠쏠했다.

개인적으로 시간을 내서 동료들에게 가르침을 주지만, 막상 이민혁 본인이 가장 많은 성장을 하는 느낌이었다.

'동료들의 실력도 좋아지고, 나도 빠르게 경험치 올리고. 이거야말로 일석이조지.'

방금까지 어색해하던 이민혁이지만, 메시지를 본 뒤엔 히죽 웃어 버렸다.

레벨이 오르며 느려졌던 성장은 다시 빨라졌다.

물론 예전만큼은 아니지만, 현재 300이 넘는 레벨을 생각하면 놀라울 정도로 빠른 속도였다.

흐뭇한 표정으로 메시지를 보던 이민혁은 이내 고개를 돌렸다.

귓속을 파고드는 동료들의 목소리 때문이었다.

"민혁! 내 드리블 좀 봐줄 수 있어? 감을 좀 잡은 것 같은데, 이게 맞아?"

"리~! 나 좀 도와줄 수 있어?"

"축구황제! 질문 있어요! 측면에서 크로스를 올릴 때……."

*　　　　　*　　　　　*

디에고 시메오네.

아틀레티코 마드리드의 감독인 그는 알고 있었다.

최근 아틀레티코 마드리드는 경기력만큼이나 분위기도 변했다는 것을.

"참 신기하단 말이야."

처음엔 걱정스러웠지만, 지금 와서 보니 좋은 변화였다.

"동료 선수에게 가르침을 받는다니… 그것도 거의 모두가 가르침을 요구하고 있다니… 허 참, 감독 일을 하면서 이런 걸 보게 될 줄이야."

다만, 디에고 시메오네 감독은 여전히 의아해하고 있었다.

"이민혁이 나서는 걸 좋아하는 성격은 아닌 것처럼 보였는데……."

앙투안 그리즈만을 시작으로.

아틀레티코 마드리드의 선수들이 이민혁에게 가르침을 요구했고.

의외로 이민혁은 동료들의 요구를 받아들였다.

그 결과, 지금처럼 아틀레티코 마드리드의 경기력이 눈에 띄게 좋아지고 있다.

"신기하게도 이민혁의 실력도 좋아지고 있어. 흐음… 가르치면서 깨달음을 얻고 있는 건가……?"

디에고 시메오네 감독, 그는 허허 웃으며 자신의 선수들을 바라봤다.

무서울 정도로 집중하고 있는 선수들은 너무나도 강해 보였다. 특히, 그 사이를 오가며 가르침을 내리고 있는 이민혁은 압도적인 아우라를 뿜어내고 있었다.

"어떻게 저런 선수가 있을 수가 있지……? 정말 볼 때마다 놀라워."

그때였다.

디에고 시메오네 감독의 눈에 보였다.

동료가 쉽게 이해할 수 있도록 직접 시범을 보이는 이민혁의 모습이.

"중거리 슈딩을 알러 주려는 선사……?"

이민혁이 골대와 먼 거리에서 공을 툭툭 치고 전진하는 것으로 보아, 중거리 슈팅 교육이 예상됐고.

디에고 시메오네 감독의 예상은 틀리지 않았다.

이민혁의 중거리 슈팅 강의가 맞았다.

각자의 훈련을 하던 선수들은 전부 하던 것을 멈추고 이민혁을 바라봤다.

선수들 모두 이민혁이 어떤 슈팅을 때리고, 어떤 조언을 해 줄지 기대하며 눈에 힘을 주고 집중했다.

골대와의 거리는 30m.

중거리 슈팅을 때리기엔 다소 먼 거리였지만, 이민혁은 과감하게 슈팅을 때려 냈다.

터어엉!

강하게 때려 낸 공이 빠르게 쏘아졌다.

골대는 얀 오블라크 골키퍼가 지키고 있었고, 그는 진심으로 막기 위해 몸을 날렸다.

아틀레티코 마드리드의 주전 골키퍼이고, 세계적인 수준의 선방 능력을 지닌 얀 오블라크였지만.

이민혁이 때려 낸 공을 건드리지도 못했다.

다른 선수들이 때린 것에 비해 압도적으로 빠르고, 압도적으로 예리한 궤적 때문이었다.

철렁!

공이 골 망을 찢을 듯 휘저었고.

그 장면을 본 아틀레티코 마드리드 선수들은 크게 감탄했다.

"워우! 볼 때마다 소름이 돋는 슈팅이야. 방금 슈팅한 거리가 한 30m 정도였지? 저기서 얀 오블라크가 건드리지도 못하는 슈팅을 때리다니……."

"워! 대단하구만! 저런 슈팅은 보고도 못 따라 하지."

"이야~! 어떻게 저런 파워가 나올 수가 있지? 이민혁은 양쪽 다리에 폭탄이라도 달고 있나 봐. 그리고 궤적은 또 왜 저렇게 날카로워?"

반면에 이민혁은 멋진 중거리 슈팅을 골로 연결했음에도, 당연하다는 듯 덤덤했고, 그런 상태로 동료에게 이런저런 가르침을 내리기 시작했다.

그런 모습을 보며.

디에고 시메오네 감독은 헛웃음을 흘렸다.

"허허……."

*   *   *

"민혁아~! 밥 먹자!"

어머니의 목소리에 잠에서 깬 이민혁이 거실로 나왔다.

현재 스페인 마드리드에 있는 저택에서 부모님과 함께 사는 그는, 식탁을 보고 나서 깜짝 놀랄 수밖에 없었다.

"삼계탕이네요?"

먹음직스러운 삼계탕이 있었기 때문이었다.

"민혁이 네가 요즘 집에도 늦게 들어오고, 고생하는 것 같아서 엄마가 삼계탕 좀 만들어 봤어. 어떠니? 냄새 좋지?"

"직접 만드셨다고요? 외……! 냄새만 좋은 게 아니라 비주얼도 완벽한데요?"

"그러니? 오호호! 엄마가 평소에 간단한 음식 위주로 해서 그렇지, 한번 제대로 요리하면 또 잘하잖니? 어서 먹어봐. 근데 너희 아빠는 왜 이렇게 안 오신다니? 누가 소파에 접착제라도 붙여 놨나? 여보! 당신도 TV 좀 그만 보고 빨리 와서 같이 드세요!"

꿀꺽!

이민혁이 군침을 삼켰다.

스페인에서 삼계탕이라니!

물론 스페인에도 한국 음식을 파는 식당이 있긴 하지만, 집에서 어머니가 정성껏 끓여 주신 삼계탕에 비할 수가 있겠는가.

"잘 먹겠습니다!"

아버지가 식탁으로 오시고, 부모님 모두가 숟가락을 드셨을 때.

이민혁도 숟가락으로 삼계탕의 국물을 떴다.

후루룩!

"으음……!"

뜨끈한 국물이 혀에 닿은 순간 진한 감칠맛이 입안을 맴돌았다.

환상적인 맛이었고, 이민혁은 행복한 표정으로 맛을 음미

했다.

"민혁아, 그렇게 맛있니?"

"어머니, 이건 삼계탕 식당을 차려서도 성공할 맛이에요. 진심으로 너무너무너무너무 맛있어요!"

어머니의 사랑이 담긴 삼계탕 때문이었을까?

이민혁은 며칠 뒤에 치러진 경기에서 또다시 전 세계를 경악하게 만들었다.

「아틀레티코 마드리드, 레알 베티스에게 그랬던 것처럼 데포르티보 알라베스에게 충격적인 패배 안겨 줘!」

「데포르티보 알라베스, 아틀레티코 마드리드의 상대가 되지 못했다. 불안한 수비 약점 드러내며 16 대 0 대패!」

「이민혁, 11골 3어시스트 기록하며 축구계의 유일한 신이 되다!」

그리고 지금.

"이민혁 선수, 가시죠."

"고마워요 피터, 이렇게 매번 같이 가 주셔서."

"당연히 할 일인걸요. 그나저나 오랜만에 일본을 방문하시는 기분은 어떠세요?"

"특별한 기분은 없어요. 그냥 오랜만에 참여한 국가대표팀 경기에서 잘하고 싶은 생각뿐이에요."

이민혁은 일본과의 국가대표팀 경기를 위해 비행기에 올라탔다.

                    *   *   *

이민혁은 모범적인 선수다.

누군가 건드린다면 날카로운 이를 드러내며 물어뜯지만, 건드리지 않으면 너무나도 조용히 훈련에만 몰두한다.

가장 빠르게 훈련장에 오고 가장 늦게 집에 돌아가는 선수.

이건 이민혁이 아주 어렸을 때부터 당연하게 해 왔던 것이었다.

남들보다 부족했기에 살아남기 위해서 해야만 했던 것이고, 이제는 몸에 밴 습관이 되어 버렸다.

그리고 지금.

이민혁은 한국 국가대표팀이 머무는 호텔에도 이른 시간에 도착했다.

"이민혁 선수, 어디 가세요?"

"대표팀에 왔으니까 인사 좀 해야죠."

"그렇게 안 서둘러도 되잖아요? 꽤 이른 시간에 도착했는데, 조금 쉬다가 가시죠? 이민혁 선수가 놀다가 온 것도 아니고, 리그 경기를 치르고 온 거잖아요? 다들 이해해 줄 겁니다. 이민혁 선수는 현재 대표팀의 에이스이고, 바쁜 스케줄 상황에서도 대표팀을 위해서 와 준 거니까요."

"제가 대표팀에서 원했던 것보다 이른 시간에 왔다고 하지만, 다른 선수들은 한국에서부터 먼저 손발을 맞추고 있었잖아요. 결국, 저는 팀에 가장 늦게 합류한 선수인데 게으름을 피울 순 없죠."

"그거야 아틀레티코 마드리드 측과 대표팀 측이 스케줄을 조정하는 바람에 어쩔 수 없이 뒤늦게 대표팀에 합류하신 거고, 컨디션 회복은 하셔야 하니 그냥 내일 아침에 인사를……."

피터는 호텔에 도착하자마자 대표팀 동료들과 관계자들에게 얼굴을 비추려는 이민혁을 말리려고 했다.

라리가 정규리그와 챔피언스리그에 모두 참여하며 바쁜 일정을 치르고 온 이민혁이지 않은가.

게다가 장시간 비행을 하고 왔다.

쉬어야 했다.

어차피 지금은 훈련이 끝난 이른 저녁이니, 오늘 당장 얼굴을 비추는 것보단 컨디션 관리가 더 중요하다는 생각이었다.

하지만.

이민혁은 단호한 얼굴로 고개를 저었다.

"피터, 저는 실력은 변해도 행동은 변하고 싶지 않아요."

"음… 알겠습니다."

피터는 어쩔 수 없이 고개를 끄덕였다.

지금과 같은 상황에서 이민혁의 고집을 꺾는 건 힘들다는 것을 알고 있었기에 더는 설득하려 하지 않았다.

다만, 큰 걱정은 없었다. 힘든 스케줄을 소화한다고 하지만, 그가 봐 온 이민혁은 괴물이었다.

체력은 날이 갈수록 좋아져, 이젠 어지간해선 지치지도 않는다.

자기관리 역시 무서울 정도로 확실했다.

'하긴 걱정할 사람을 걱정해야지.'

피터는 머쓱하게 웃으며 바쁘게 걷는 이민혁의 뒤를 따랐다.

"늦게 합류해서 죄송합니다."

이민혁은 대표팀 선배들과 감독, 코치진들의 방을 돌아다니며 당당하지만 깍듯하게 얼굴을 비췄다.

그리고.

그런 이민혁의 행동은 한국대표팀 선수들과 관계자들을 당황케 했다.

"아니, 민혁아! 왔으면 얼른 쉬지 왜 여기까지 찾아 왔어? 그리고 죄송하긴 뭐가 죄송해? 너 바쁜 거 다 아는데……."

"민혁아! 어우~! 되게 오랜만이다. 근데 귀한 몸이 왜 이 시간에 안 쉬고 인사를 하러 와? 넌 정말… 신인 때랑 바뀐 게 없네. 얼른 가서 쉬고, 내일 제대로 근황 토크 해 보자."

"아잇! 민혁아, 일본전에서 날아다녀야 할 슈퍼스타가 이렇게 돌아다니면 어떡해? 이럴 시간에 조금이라도 더 쉬어야지!"

"됐어, 늦게 합류는 무슨! 합류해 준 것만으로도 너무 고맙다고."

"하나~도 안 늦었어요. 민혁 씨, 먼 길 와 줘서 고마워요."

전 세계적으로 유명한 슈퍼스타이자, 역사에 남을 세계 최고의 축구선수가 이렇게나 겸손하게 얼굴을 비추러 오는 건 이들이 예상하지 못했던 일이었으니까.

이민혁은 그런 동료들과 관계자들과 조금씩 대화를 나눈 뒤에야 숙소로 들어왔다.

"오랜만에 대표팀에 왔네."

그동안 이민혁은 바쁜 일정 때문에 대표팀 경기에 거의 참여

하지 못하고 있었다. 리버풀에서도 그랬고, 아틀레티코 마드리드에서도 그랬다.

때문에, 감회가 새로웠다.

"이왕이면 잘하고 싶은데, 어떻게 되려나?"

한국은 한일전에 특별한 의미를 둔다.

평소엔 축구를 안 보는 한국 사람들도 한일전이 펼쳐질 때만큼은 치킨에 맥주를 시키고 열정적으로 응원을 한다.

그 사실을 알고 있기에, 이민혁은 재밌는 경기를 만들고 싶었다.

"최선을 다해 봐야겠어."

최선을 다해야겠다고 중얼거리는 이민혁.

그의 얼굴엔 조금의 긴장감도 없었다.

*　　　　　*　　　　　*

「한국대표팀, 한일전 승리하기 위해 이민혁까지 데려왔다. 어떤 경기 보여 줄까?」

「축구황제 이민혁, 일본대표팀 상대로 클래스 보여 줄까?」

한일전.

한국과 일본의 경기.

그 경기를 치르기 위해 양 팀 선수들이 경기장에 모습을 드러냈다.

와아아아아!

함성이 터져 나왔다.

양국의 자존심이 걸린 한일전.

선수들은 기세에서 밀리지 않기 위해 눈에 힘을 줬고, 관중들은 목이 터질 듯 응원을 펼쳤다.

같은 시각, 경기를 기다리던 한국 축구 팬들은 유난히 많은 기대감을 드러냈다.

└이민혁 선발!!!!!!ㄷㄷㄷ 일본은 진짜 ㅈ됐다ㅋㅋㅋㅋ

└ㅋㅋㅋㅋㅋ한국 왜케 강해 보이냐? 이민혁 하나 왔다고 완전히 다른 팀처럼 보이는데?ㅋㅋㅋㅋ

└ㄹㅇ포스 오짐. 이민혁이 나오니까 절대 안 질 것 같은 포스ㅋㅋㅋㅋㅋㅋ

└근데 다들 이민혁한테 너무 기대하는 거 아님? 기대가 크면 실망도 큰 법인데…….

└당연히 기대가 크지. 라리가에서 한 경기 10골 박는 이민혁인데 일본한텐 얼마나 잘하겠냐?

└근데 팀이 다르잖아? 아틀레티코 마드리드에선 분명 괴물이지만, 한국대표팀에선 동료들의 수준이 다르니까 어려울 수도 있지 않나?

└월드컵 못 봤냐? 동료들이 누구든지 멱살 잡고 끌고 올라가는 게 이민혁이야.

└ㅋㅋㅋㅋ어이가 없네. 감히 이민혁을 의심해? 의심하지 마.

현재 유일한 축구황제이자 축구의 신을 왜 의심하는 거야? 그냥 감사한 마음으로 보자. 이민혁이 늘 그랬던 것처럼 엄청난 쇼를 보여 줄 거니까.

ㄴ이민혁이 일본을 어떻게 털어 줄까? 벌써 흥분돼서 미치겠네!!

ㄴ한 5골은 넣어 주겠지.

이민혁.

현재 최고의 선수인 그가 한국대표팀에 있다는 사실 때문이었다.

한국을 월드컵에서 우승시키고, 발롱도르 연속 3회 수상, 챔피언스리그와 세계 3대 리그에서 모두 우승한 이민혁은.

―일본 선수들이 전부 이민혁 선수를 바라보고 있습니다.

―축구선수들 사이에서도 특별한 선수이지 않습니까? 실제로 일본대표팀의 몇몇 선수들은 우리 이민혁 선수를 존경한다는 인터뷰를 하기도 했습니다.

상대 선수들마저 시선을 줄 수밖에 없는 아우라를 뿜어내고 있었다.

물론 이민혁 본인은 그런 생각을 조금도 하지 않고 있었다.

"내 기억에 한일전이 경험치를 꽤 줬던 같은데… 이왕이면 경험치도 많이 얻어 갔으면 좋겠다."

오직 한일전에서 얻을 경험치를 생각하며, 집중력을 끌어올리고 있었다.

그때였다.

이민혁의 눈이 빛났다.

'시작하려나 보네.'

주심이 휘슬을 입으로 가져가는 것이 보였다.

즉, 경기가 곧 시작된다는 뜻이었다.

삐이이이이익!

―양 팀의 자존심이 걸린 한일전이 지금 시작됩니다!

이민혁은 곧바로 부지런하게 움직이기 시작했다.

아틀레티코 마드리드에서 그랬던 것처럼, 경기 초반부터 상대를 강하게 압박했다.

라리가의 수비수들을 괴롭혔던 이민혁의 최전방 압박이 일본을 상대로 펼쳐졌다.

―이민혁 선수! 엄청난 속도로 상대를 압박합니다! 일본의 수비수들이 다급하게 공을 돌립니다! 일본 수비수들은 최대한 안전하게 공을 돌릴 필요가 있습니다!

―어우~! 이민혁 선수, 정말 빠르네요! 다른 선수들과는 차원이 다른 스피드입니다!

이민혁이 압박을 시작하자, 이민혁과 함께 공격수로 출전한 이근오가 함께 압박을 시도했다. 다른 선수들도 이민혁의 움직임에 맞춰 라인을 끌어올렸다.

─한국이 일본을 강하게 압박하고 있습니다!

─우리 선수들이 이민혁 선수의 움직임에 맞춰서 라인을 올리는 모습을 보여 주네요! 이번 경기를 앞두고 이민혁 선수가 가장 늦게 대표팀에 합류한 것으로 알고 있는데, 생각보다 호흡이 괜찮은데요?

─비록 이민혁 선수가 가장 늦게 팀에 합류하긴 했지만, 현재 한국대표팀에 있는 선수들 대부분과 호흡을 맞춰 본 경험이 있으니까요. 아무래도 처음 호흡을 맞춰 본 것이 아니기에, 이렇게 좋은 팀워크를 보여 주는 것 같습니다!

한국이 라인을 끌어올리며 강하게 압박하자, 일본대표팀 선수들은 당혹감을 드러냈다.

"젠장! 집중해! 괜히 어중간하게 압박을 벗어나려고 하지 말고, 안전하게 처리해! 그냥 걷어 내 버리라고!"

"어이! 위험하잖아! 최대한 빠르게 걷어 내!"

"이런 미친! 이 자식들, 후반전엔 어떻게 뛰려고 초반부터 이러는 거냐?!"

이민혁과 한국대표팀의 강한 압박 스타일은 어느 정도 예상했었던 것이지만.

압박의 강도가 일본대표팀 선수들이 생각했던 것보다 훨씬 더 강했다.

특히, 이민혁의 움직임은 발군이었다.

—우와아아아! 이민혁이 기어코 공을 **뺏어 냅니다!** 너무 좋은 태클이었습니다!

이민혁은 공을 멀리 걷어 내리던 이데구치 요스케에게 과감한 슬라이딩태클을 했고, 멋지게 성공해 냈다.

공을 뺏어 낸 지금, 이민혁을 향해 일본 선수들이 덤벼들었다. 순식간에 3명이 주변을 둘러쌌다. 이민혁을 막기 위해 일본이 얼마나 잘 준비를 해 왔는지 알 수 있는 장면이었다.

그러나.

이민혁은 준비한다고 막을 수 있는 선수가 아니었다.

라리가의 팀들 역시 이민혁을 막기 위해서 매번 준비한다. 그러나 매번 실패했다.

그들보다 수준이 낮은 일본의 선수들이라고 다를 리가 없었다. 이변은 없었다.

퍼억!

이민혁은 3명이 주변을 둘러싸기 직전에 한 곳을 향해 몸을 밀어 넣었다. 압도적인 민첩성으로 먼저 어깨를 집어넣었고, 강하게 몸을 부딪치려던 일본의 센터백 쇼지 겐이 바닥으로 나뒹굴었다.

"뭐, 뭐냐?!"

쇼지 겐.

건장한 체격을 지닌 그는 이민혁의 차원이 다른 피지컬에 깜짝 놀랄 수밖에 없었다.

─이민혁이 순식간에 압박을 벗어납니다! 정말 아름다운 움직임이었습니다! 3명에게 둘러싸이기 직전에 한쪽을 뚫어 버리는 선택을 하네요!

─이민혁! 오른쪽 대각선으로 공을 몰고 전진합니다! 굉장히 빠르네요! 아~! 지금 이 거리는 이민혁 선수가 슈팅을 때릴 수 있는 거리인데요?

페널티박스 바깥쪽.

이민혁에겐 망설일 필요가 없는 슈팅존이었다.

일본의 수비수들도 그 사실을 알기에 비상이 걸렸다. 어떻게든 이민혁의 슈팅을 막기 위해서 필사적으로 튀어나왔다.

이때, 이민혁이 다리를 휘둘렀다.

─아! 이민혁! 슈팅인가요?!

그 움직임에 일본의 수비수 미우라 겐타는 다급히 발을 뻗었다. 괜찮은 태클이었다. 만약 이민혁이 슈팅을 때렸다면 미우라 겐타의 발에 막혔을 정도로.

하지만 이민혁은 슈팅을 때리지 않았다.

휘둘렀던 오른발로 공을 왼쪽으로 컨트롤했다. 완벽한 슈팅 페인팅이었고, 깔끔하게 속아 버린 미우라 겐타는 중심을 잃었다.

―노마크 찬스입니다! 이민혁이 골키퍼와의 일대일 상황을 만들었습니다!

모든 수비수를 뚫고 페널티박스 안으로 침투한 이민혁은.
여전히 침착했다.
급하게 슈팅을 때리지 않고, 계속해서 드리블하며 페인팅을 섞어 줬다.

―오오오! 이민혁! 다시 한번 슈팅 페인팅을 보여 주며 일본의 골키퍼를 속입니다!

이민혁은 기어코 골키퍼의 중심마저 무너뜨린 뒤에야 골대 안으로 공을 밀어 넣었다.
아무런 방해도 없는 상황에서 밀어낸 공은 일본의 골대 안으로 굴러 들어갔다.

*　　　　　*　　　　　*

―고오오오오오올! 대단한 골이네요~! 이민혁이 이름값을 보여 줍니다!
―역시 축구황제입니다! 개인의 능력으로 일본의 수비를 완전히 무너뜨리고 골까지 만들어 내네요!
―보는 것만으로도 놀라운 실력입니다! 특히 3명에게 둘러싸인

상태에서도 자신감 있게 돌파를 시도하고, 또 성공해 내는 모습은 감탄만 나오네요~! 이제 일본의 수비수들은 이민혁이 공을 잡으면 두려움을 느낄 것 같습니다.

　이민혁의 선제골.
　그 골이 터진 순간, 일본을 응원하던 관중들은 입을 꾹 다물었다.
　일본의 홈구장이었기에 이들이 입을 다문 효과는 매우 컸다.
　이제 경기장엔 한국을 응원하는 관중들이 내지르는 함성만이 가득했다.
　관중석이 아닌, TV로 경기를 지켜보던 한국 축구 팬들의 반응도 뜨거웠다.

　└대박!!!!!!! 설마 했는데 이민혁 혼자 일본 수비수들을 그냥 털어 버리네;;;;;;;;
　└ㅋㅋㅋㅋㅋㅋㅋㅋ진짜 압도적이다ㅋㅋㅋㅋ 강 피지컬과 스피드, 기본기로 일본을 무너뜨리네ㄷㄷ 그리고 마지막에 침착하게 페인팅 주고 마무리하는 거 봤음? 리얼 개지린다…….
　└워;;;;; 이민혁 미쳤다;;;; 이건 너무 잘하잖아;;;;
　└ㅋㅋㅋㅋㅋㅋㅋ헛웃음만 나온다ㅋㅋㅋㅋ 내가 방금 뭘 본 거냐?
　└ㅋㅋㅋㅋㅋㅋㅋ일본 관중들 싸늘해진 거 보임? 쟤들은 막막하겠다.
　└막막하긴 뭘. 그냥 쟤들도 일본대표팀 응원하려고 온 게 아니고 이민혁 보러 온 걸 수도 있어.

ㄴ하긴 이민혁이 워낙 대단한 슈퍼스타니까 그럴 수도 있겠다ㅋ
ㅋ

ㄴ오늘 큰일났다. 이민혁 제대로 시동 걸었음ㅋㅋㅋㅋㅋ

ㄴ이민혁이 진짜 얼마나 수준이 다른지 알 것 같네;;;;;;; 진짜
어리애들을 상대하는 축구 교실 선생님 같았어ㄷㄷㄷ

평소 이민혁의 경기를 챙겨 봐 왔던 한국 축구 팬들이기에 눈
치챘다.

이민혁이 일본전에서 최선을 다하고 있다는 사실을.

일본을 철저하게 무너뜨리려고 한다는 것을.

그 사실을 눈치챈 건 해설들 역시 마찬가지였다.

—이민혁의 움직임이 심상치 않죠? 공격을 시도하는 것에 굉장
히 적극적입니다.

—한일전이기 때문일까요? 이민혁 선수가 다른 경기 때보다도
더 활발한 움직임을 보여 주네요!

해설들의 말은 어느 정도는 맞았다.

그들의 말처럼 이민혁은 다른 경기 때보다 더 열심히 뛰고 있
었다.

그 이유는 한일전이기 때문이었다.

다만, 본질은 달랐다.

"한일전에서 최대한 많은 경험치를 뽑아야 해."

한일전이 경험치를 많이 주는 경기라는 것.

그 사실이 이민혁에게 더욱 열심히 뛸 힘을 주고 있었다.

"확실히 지금처럼 레벨이 높아도 한일전에서 골을 넣으면 경험치가 후해."

이민혁은 그렇게 중얼거리며, 골을 넣은 이후부터 떠 있던 메시지를 바라봤다.

[퀘스트를 완료하셨습니다!]
[퀘스트 내용: 한일전에서 골을 기록하세요.]
[보상으로 경험치가 10% 증가합니다.]

[퀘스트를 완료하셨습니다!]
[퀘스트 내용: 한일전에서 전반전 10분이 지나기 전에 골을 기록하세요.]
[보상으로 경험치가 20% 증가합니다.]

[퀘스트를 완료하셨습니다!]
[퀘스트 내용: 한일전에서 전반전 10분이 지나기 전에 공격포인트를 기록하세요.]
[보상으로 경험치가 10% 증가합니다.]

[퀘스트를 완료하셨…….]
…….
…….

[레벨이 올랐습니다!]

*   *   *

[스탯 포인트 2를 시용하셨습니다.]
[수비 능력치가 92 상승합니다.]
[현재 수비 능력치는 92입니다.]

이민혁에게 선제골을 허용한 이후.

일본대표팀의 집중력은 골을 허용하기 전보다 훨씬 더 좋아졌다. 한일전에서 승리하고 싶은 건 일본도 마찬가지였기에, 이들은 더욱 적극적으로 공격에 나섰다.

─쿠라타 선수, 이토 준야에게 패스합니다! 측면으로 빠지는 이토 준야! 공을 받습니다!

일본은 한국의 측면을 뚫어 내려고 했다. 이들이 메인 공격 전술로 준비해 온 것은 측면에서의 낮은 크로스였고, 준비해 온 대로 공격을 전개했다.

다만, 한국의 측면을 뚫는 건 쉽지 않았다.

오늘 한국의 전술은 4─4─2였고, 4명의 수비수 앞에 위치한 4명의 미드필더들을 수비 능력이 좋은 선수들로만 배치했으니까.

모두 일본의 화력을 경계하며 들고 온 전술이었다.

더불어 공격진에 이민혁이 있기에 선택할 수 있는 전술이기도

했다.

수비적인 선수들 위주로 포메이션을 짜면, 보통은 화력이 떨어지게 마련이었지만.

이민혁이 있는 한 화력은 충분했다.

―아~! 이토 준야, 크로스를 가져가지 못하네요! 김찬수와 김민욱의 협동 수비가 굉장히 좋았습니다!

―한국, 역습입니다. 하지만 무리하게 역습을 나가지는 않네요. 정우용이 템포를 늦춥니다. 뭐, 이 선택도 좋습니다. 무리하게 역습을 나가다가 공을 빼앗길 수도 있으니까요. 그리고 지금은 우리가 1 대 0으로 앞서가고 있지 않습니까? 어차피 급한 건 일본입니다.

―맞습니다. 정우용이 주세준에게 패스합니다. 주세준이 이재선에게 공을 넘깁니다. 이재선, 뒤로 공을 돌리네요. 고요학이 받습니다.

한국은 급할 게 없었다.

템포를 무리하게 높이지 않고, 천천히 공을 돌리며 일본의 압박을 끌어냈다.

당연하게도 급해지는 건 일본이었다. 한국에겐 유리한 아주 좋은 분위기였다.

그런데.

"하… 템포 좀 올렸으면 좋겠는데, 왜 눌러앉으려고 하는 거야?"

이민혁은 이 상황이 마음에 들지 않았다.

최대한 많은 공격포인트를 기록해서 성장하고 싶은 그였기에, 눌러앉아 시간을 보내고 싶지 않았다.

그렇다고 해서 유리한 경기를 위해 판단을 내린 동료들을 욕할 순 없었다.

그래서.

'내가 만들어야겠어.'

이민혁은 직접 공을 받으러 밑으로 내려갔다.

─오? 이민혁이 밑으로 내려와서 공을 받네요? 아무래도 이민혁은 지금처럼 시간을 보내는 것이 마음에 들지 않는 모양입니다!

─하하! 이민혁 선수는 워낙 공격적인 성향을 지닌 선수죠. 아마 더 많은 공격포인트를 기록하고 싶을 겁니다.

─주세준이 이민혁에게 공을 넘겨 줍니다. 그냥 바로 공을 주네요! 그만큼 이민혁을 향한 믿음이 있다는 거겠죠?

─하하! 이민혁 선수가 워낙 공을 안 뺏기는 선수이지 않습니까?

시간을 끌지 않으려고 직접 내려와서 공을 받고, 드리블을 시작하는 이민혁.

이런 이민혁의 행동에 관중들은 열광했다.

심지어 일본을 응원하던 관중들까지 이민혁을 응원하기 시작했다.

"이민혁은 치사하게 할 생각이 없어 보여. 저 자식, 좀 멋있네?"

"한국이 시간을 끌려고 하는데, 이민혁은 그럴 생각이 없어 보여. 역시 세계 최고의 선수다운 매너야."

"난 한국에서 유일하게 이민혁이 좋더라! 이민혁! 너는 내가 인정한다!"

다만, 일본대표팀 선수들의 생각은 달랐다.

"젠장! 저 자식 갑자기 왜 저래? 다들 집중해! 괴물이 달려온다!"

"이번엔 막아야 해! 반칙을 써서라도 끊어!"

"태클해! 태클로 막아!"

이들은 긴장하고 있었다. 또, 경계했다.

이민혁이 얼마나 대단한 선수인지는 이미 알고 있었고, 그의 실력을 첫 골을 허용했을 때 충분히 느꼈다.

저런 괴물을 어떻게든 막아야만 했다.

─이민혁이 넘어집니다! 프리킥이 주어지네요! 이민혁이 프리킥을 얻어 냅니다!

─일본으로서는 어쩔 수 없는 판단이었죠! 이민혁이 당최 공을 뺏기질 않으니까요.

일본이 선택한 건 반칙이었다.

사실상 이민혁을 막기 위한 유일한 방법이었다.

이처럼 수단과 방법을 가리지 않고 이민혁의 전진을 막아 냈지만.

일본대표팀 선수들은 여전히 불안한 눈빛으로 이민혁을 바라보고 있었다.

"이민혁 저 자식, 프리킥 마스터인데……."

"너무 가까운 거리에서 반칙을 해 버렸어. 저 정도면 이민혁이 직접 슈팅을 할 수 있겠는데……?"

"이민혁에게 이 정도 거리에서 프리킥을 주는 선 너무 위험해……."

"하… 좀 더 먼 거리에서 끊었어야 했어. 이거 큰일 났네."

그리고 지금.

프리킥을 준비하는 이민혁은 덤덤한 얼굴을 한 채, 골대와의 거리와 각도를 확인했다.

"각도는… 왼발로 차는 게 더 좋겠고, 이 정도 거리면 오른쪽으로 강하게 때리는 것보다는 왼쪽 구석으로 정확하게 감아 차는 게 낫겠어."

계산을 모두 마친 뒤.

이민혁은 공과의 거리를 벌렸다.

2m 정도의 거리를 둔 뒤, 귀를 열고 공에 집중했다.

삐이이이익!

프리킥을 차도 좋다는 휘슬 소리가 들렸고.

이민혁은 공을 향해 움직였다.

너무 빠르지도 않고, 느리지도 않은 움직임이었지만.

확실한 자신감이 드러나는 움직임이었다.

[상대의 페널티박스 바깥에서 슈팅했습니다!]
['중거리 슈터' 스킬 효과가 발동됩니다!]
[슈팅의 정확도가 대폭 상승합니다.]

                    *   *   *

오른발과 왼발을 가리지 않고 수없이 연습해 온 프리킥이었다.

늘 남들보다 늦게까지 남아서 연습했던 프리킥.

공을 차서 수비벽의 키를 넘겨, 골대 안으로 공을 집어넣는 감각.

그 감각은 이민혁의 발에 정확히 기록되어 있었다.

―고오오오오오오오올! 골입니다! 이민혁이 한일전에서도 완벽한 프리킥을 보여 주네요!

―이게 이민혁의 무서움이죠! 돌파를 허용하면 직접 슈팅을 때려서 골을 넣고, 반칙으로 끊으면 프리킥으로 골을 넣어 버립니다! 도저히 막을 수가 없는 선수네요!

―그러니까 세계 최고의 선수가 되었죠!

멋진 프리킥으로 또다시 골을 기록한 이민혁.

그를 향해 거대한 함성이 쏟아졌다.

실시간으로 경기를 지켜보던 축구 팬들의 반응도 뜨거웠다.

└워!!!!!!! 미쳤다!!!!!!! 그냥 원샷원킬이네! 프리킥이 그냥 자로 잰 것처럼 들어갔어ㅋㅋㅋㅋㅋㅋ

└지려 버렸다ㅋㅋㅋㅋㅋㅋ 그냥 기계야 프리킥 차는 기계ㅋㅋㅋㅋ

└슈팅 파워와 정확도기 전부 완벽하잖아?,;;;; 딱 수비벽을 넘길 정도로만 감아 차는 것 좀 봐;;;;;; 무섭다 무서워.

└고오오오오올!!!!! 쏴리질러!!!!!!!!!!!!

└이민혁 외계인설이 진짜일 수도 있겠어. 어떻게 거의 매번 정확한 프리킥을 보여 주지?

└ㅋㅋㅋㅋ 30m 안에서의 프리킥은 이민혁에겐 페널티킥이나 다름없지.

└일본 애들 이제 어떡하냐? 반칙도 함부로 못 하겠네.

└일본은 이제 ㅈ됐음ㅋㅋㅋㅋㅋ이민혁의 골 파티가 시작됐거덩ㅋㅋㅋㅋㅋ

그런데.

이처럼 커다란 환호를 받으면서도.

골을 넣은 이민혁의 표정은 별로 좋지 못했다.

"좋지 않아."

그에겐 현 상황이 만족스럽지 않았다.

두 번째 골을 넣는 데까지 걸린 시간이 계획했던 것보다 더 길었다는 것이 이유였다.

그래서.

"아무래도 더 적극적으로 골을 노려야겠어."

이민혁은 직접 공을 몰고 움직이는 온더볼 상황을 더욱 늘리기 시작했다.

—이민혁이 공을 몰고 전진합니다! 한 명을 가볍게 제치는 이민혁! 일본 선수들이 쉽게 덤벼들지를 못하고 있어요!

—덤비는 순간 뚫려 버릴 수 있거든요! 이민혁에게 발을 뻗는 건 미끼를 무는 것이나 다름이 없으니까요! 그렇다고 반칙으로 끊으면, 방금처럼 프리킥을 내주게 되거든요!

—이민혁이 측면으로 방향을 바꿉니다! 굉장히 빠른 속도로 일본의 측면을 뚫어 낸 이민혁! 이런 상황에서 뿌리는 크로스도 이민혁의 강력한 무기 중 하나인데요~! 과연 어떤 선택을 할지…….

일본의 오른쪽 측면을 완전히 뚫어 낸 지금.

이민혁은 돌파를 선택했다.

슈팅을 때리지 못하더라도 최소한 어시스트는 만들어 낼 생각으로 선택한 움직임이었다.

휘익! 휙!

양발잡이인 이민혁이 빠른 속도로 스탭오버를 하며 왼쪽으로 방향을 꺾자, 일본의 센터백 쇼지 겐은 중심을 잃고 엉덩방아를 찧었다.

굴욕적인 장면이었지만, 그 누구도 쇼지 겐을 비웃지 못했다.

이민혁의 움직임은 그 어떤 수비수가 와도 막지 못할 정도로 빨랐으니까.

센터백을 뚫어 내며 생긴 공간.

그 공간엔 일본의 넓은 골대가 보였다.
이민혁은 그곳을 향해 강력한 슈팅을 때려 냈다.

[상대의 페널티박스 안에서 슈팅했습니다!]
['페널티박스 인의 피니셔' 스킬 효과가 발동됩니다!]
[슈팅의 정확도가 대폭 상승합니다.]

Chapter. 3

철렁!

일본의 골 망이 크게 흔들렸다.

이민혁이 때려 낸 강력한 슈팅이 만들어 낸 결과였다.

동시에.

경기장엔 함성이 터졌다.

─해트트릭입니다! 이민혁이 벌써 세 번째 골을 기록합니다!

─축구황제는 역시 다르네요! 엄청난 실력입니다! 일본이 필사적으로 막으려고 했지만, 막을 수가 없어요!

─이러면 일본 선수들은 힘이 빠질 수밖에 없죠! 아무리 노력해도 막을 수가 없거든요!

해설들의 말처럼 일본대표팀 선수들은 다소 위축된 모습을 보이기 시작했지만, 그래도 최선을 다했다.

―좋은 공격이었습니다! 역시 일본 선수들이 아기자기하게 만들어 가는 플레이를 잘하네요. 다만, 우리 선수들이 집중력을 잃지 않고 잘 막아 냈습니다!
―이근오의 돌파 시도가 막힙니다! 구루마야 신타로의 태클이 좋았습니다!
―일본이 3골을 허용했음에도 끝까지 포기하지 않는 모습을 보여 주네요~!

일본 선수들은 몸을 날려가며 수비했고, 집중력을 끌어올려 공격했다.
그리고.

―반칙입니다! 곤노 야스유키의 발이 깊었어요! 이민혁이 쉽게 일어나지 못하고 있습니다! 부디 큰 부상이 아니었으면 좋겠는데요……!

이민혁이 공을 잡을 때면 반칙을 써서 막아 냈다.
물론 반칙을 한 대가는 컸다.

―고오오오오오오오올! 골이에요! 이민혁이 프리킥으로 추가 골을 터뜨립니다! 무서울 정도로 정확한 프리킥으로 일본을 무너

뜨리고 있습니다!

전반 38분엔 이민혁의 프리킥에 4번째 골을 허용했고.

—들어갔습니다! 니 가무다 끄스게 골키퍼가 방향은 맞췄지만, 이민혁의 슈팅이 너무 강력하네요! 이민혁이 페널티킥으로 추가골을 기록합니다!

—이러면 일본은 완전히 희망을 잃었죠!

전반 44분엔 페널티킥으로 이민혁에게 다섯 번째 골을 허용했다.

"하하!"

줄곧 덤덤한 얼굴로 골을 넣던 이민혁이 이번엔 웃음을 터뜨렸다.

"역시 한일전은 장난 아니라니까?"

눈앞에 떠오른 메시지들 때문이었다.

[퀘스트를 완료하셨습니다!]
[퀘스트 내용: 한일전에서 5개의 골을 기록하세요.]
[보상으로 경험치가 50% 증가합니다.]

[퀘스트를 완료하셨습니다!]
[퀘스트 내용: 한일전에서 5개의 공격포인트를 기록하세요.]
[보상으로 경험치가 40% 증가합니다.]

[퀘스트를 완료하셨습니다!]
[퀘스트 내용: 한일전에서 전반전에 5개의 골을 기록하세요.]
[보상으로 경험치가 60% 증가합니다.]

[퀘스트를 완료하셨…….]
…….
…….

[레벨이 올랐습니다!]
[레벨이 올랐습니다!]
[레벨이 올랐습니다!]

시원하게 경험치를 받았고, 시원하게 레벨이 올랐다.

무려 3개의 레벨업!

현재 이민혁의 레벨이 300이 넘는다는 것을 생각하면, 대단한 수준의 성장을 거둔 것이었다.

[스탯 포인트 3을 사용하셨습니다.]
[수비 능력치가 3 상승합니다.]
[현재 수비 능력치는 95입니다.]

[스탯 포인트 3을 사용하셨습니다.]
[드리블 능력치가 3 상승합니다.]

[현재 드리블 능력치는 140입니다.]

씨익!

이민혁의 미소가 더욱 짙어졌다.

기분이 더욱 좋아졌다. 지금의 상태 창을 보면 그럴 수밖에 없었다.

[이민혁]

레벨: 331

나이: 23세(만 22세)

키: 183㎝

몸무게: 79㎏

주발: 양발

[체력 110], [슈팅 140], [태클 100], [민첩 120]

[패스 100]. [탈압박 125], [드리블 140], [몸싸움 133]

[헤딩 117], [속도 140], [수비 95]

스킬: [예리한 슈팅], [예리한 패스], [축구 재능]……

"정말 괴물이 된 것 같네."

꾸준히 성장한 결과, 이제는 압도적인 능력치를 갖게 됐다.

다른 선수들의 능력치를 볼 순 없지만, 자신보다 전체적인 능력치가 높은 선수는 없을 것이라고 확신했다.

그때였다.

이민혁이 미소를 지웠다.

다시 특유의 덤덤한 얼굴을 한 채, 집중력을 끌어올렸다.

"여기서 만족하지 말자. 뽑아 먹을 수 있을 만큼 뽑아 먹어야
지."

*　　　　*　　　　*

삐이이익!

전반전이 종료됐다.

양팀의 스코어는 5 대 0.

일본으로선 시간을 과거로 돌리고 싶을 정도로 끔찍한 점수
차였다.

실제로 실시간으로 인터넷에 올라오는 일본 축구 팬들의 반
응은 처참했다.

ㄴ젠장! 일본과 한국의 차이가 이렇게나 크다고? 일본은 도대
체 뭐 하는 거야?

ㄴ공격도 안 되고, 수비도 안 돼. 일본의 축구가 이렇게나 형편
없다니.

ㄴ일본은 어떻게든 이민혁 같은 수준의 선수를 만들어 내야 해.
도대체 언제까지 한국 따위에게 이런 굴욕을 당할 거야?!

ㄴ미친……! 이민혁 한 명에 이렇게 무너진다고? 일본의 대표라
는 놈들이 저렇게 멍청하게 해도 되는 거야? 다리를 부러뜨려서라
도 막았어야지!

└이민혁은 확실히 특별하네. 한국이 부러워질 정도야.

└오늘 본 이민혁은 확실히 리오넬 메시보다도 더 잘해.

└당연하잖아. 인정하긴 싫지만, 이민혁은 발롱도르를 연속 3회나 받은 세계 최고의 선수야.

└전반전에만 6골을 넣는다고……? 이민혁이 일본대표팀을 가지고 노는구나.

└다들 왜 슬퍼하고 그래? 일본만 이민혁에게 당한 건 아니잖아? 세계 최고의 리그라는 분데스리가, 프리미어리그, 라리가의 모든 팀들이 이민혁에게 당했다고. 이건 어쩔 수 없는 일이야.

└일본이 한국에게 진다는 게 너무 화가 나.

└그건 맞아. 우리가 한국 따위한테 진다고? 이건 말도 안 되는 일이야!

억울하고, 화가 나고, 충격적이다.

일본의 축구 팬들이 대체로 보인 반응이었다.

그리고.

이들은 후반전에 더욱 큰 충격을 받게 됐다.

─이민혁입니다! 엄청난 드리블로 3명을 제쳐 내는 이민혁! 계속 전진합니다! 일본, 위기입니다!

이민혁은 후반전 시작과 동시에 화려한 드리블로 3명을 제쳐 냈고.

─아~! 반칙이죠! 레드카드입니다! 방금은 너무 발이 높았어요! 대놓고 이민혁 선수의 다리를 걸어찼죠!

─주심이 이데구치 요스케 선수에게 퇴장을 명령합니다!

일본의 퇴장까지 이끌었다.

게다가.

─다행히 이민혁 선수의 상태가 괜찮아 보이네요! 분명 위험해 보이는 태클이었는데, 역시 이민혁 선수는 강인합니다!

─거칠기로 소문난 유럽에서도 위험한 태클을 많이 당했던 이민혁 선수죠! 그런 상황에서도 부상을 입지 않았던 강인한 선수입니다!

이민혁은 얄미울 정도로 멀쩡한 모습을 보여 주며 다시금 일본을 위협했다.

─이민혁이 프리킥을 찰 준비를 합니다! 직접 프리킥을 하기엔 조금 먼 거리지만, 이민혁이라면 충분히 슈팅을 시도할 수 있겠죠?

─그렇습니다. 이민혁 선수는 전 세계에서 가장 강력한 슈팅을 때리는 선수거든요! 게다가 최근 이민혁 선수의 프리킥 자신감도 굉장히 높아졌기에, 아마도 직접 슈팅을 시도할 것 같네요!

해설들의 말 그대로였다.

이민혁은 직접 슈팅을 때릴 생각이었다.

—골대와의 거리는 34m 정도겠네요! 이민혁이 전혀 긴장감 없는 표정으로 주심의 신호를 기다립니다!

—어린 나이라는 게 믿어지지 않을 정도로 굉장히 침착한 선수쥬!

삐이이이익!

주심이 휘슬을 불었다.

골대와의 거리는 34m.

아주 먼 거리였지만, 이민혁에겐 그다지 멀게 느껴지지 않았다.

"이 정도는 충분하지."

그저 골을 넣기 좋은 기회로 느껴질 뿐이었다.

퍼어엉!

이민혁이 강하게 공을 때려 냈다.

발등에 제대로 걸린 느낌이 났다.

더구나 2개의 메시지까지 떠올랐다.

[상대의 페널티박스 바깥에서 슈팅했습니다!]

['중거리 슈터' 스킬 효과가 발동됩니다!]

[슈팅의 정확도가 대폭 상승합니다.]

[20% 확률로 '예리한 슈팅' 스킬 효과가 발동됩니다!]

[슈팅의 정확도가 대폭 상승합니다.]

슈팅의 정확도를 높여주는 2개의 스킬 효과.
그 효과들이 발동된 지금.

─오오오오오오! 들어갔습니다! 이민혀어어어어억! 이걸 넣네요!
─우워……! 이렇게 먼 거리에서도 정확한 프리킥을 할 수 있는 선수가 얼마나 될까요? 이민혁이 대단한 골을 터뜨렸습니다! 벌써 6개의 골을 기록하고 있는 이민혁!

이민혁이 때려 낸 공이 순식간에 일본의 골대 구석을 파고들었다.

*   *   *

이민혁은 골만 터뜨린 게 아니었다.
후반전부턴 날카로운 패스까지 뿌려 대기 시작했다.

─이민혁, 크로스를 뿌립니다! 고오오오오올! 김진욱이 골을 터뜨립니다! 후반전에 교체되어 들어오자마자 골을 터뜨리는 김진욱!
─이민혁의 크로스는 볼 때마다 완벽하네요! 6골을 터뜨린 것으로도 모자라 이제 어시스트까지 기록하는 이민혁! 과연 축구황

제는 다릅니다!

—이민혁이 공을 몰고 전진합니다! 아! 패스입니다! 오오오? 단번에 일본의 수비를 뚫어 내는 킬패스! 김진욱이 받습니다! 김진욱! 고오오오오올! 완벽한 패스를 받아 골을 기록합니다!

—패스까지 완벽한 이민혁입니다!

6개의 골에 이어서 2개의 어시스트까지 기록한 지금.

일본대표팀 선수들의 얼굴엔 독기가 차올랐다.

얄미울 정도로 압도적인 실력을 보여 주는 이민혁에게 느낀 좌절감이 이젠 독기로 변해 버린 것이었다.

'딱 한 번만 막는다!'

'이제 퇴장당해도 상관없어! 어떻게든 막아 주마!'

'카드? 받아 주마. 대신 이민혁 네 다리를 가져가겠어.'

'얄미운 자식! 한 번만 더 까불어봐라!'

독기가 차오른 일본대표팀 선수들은 이제 반칙을 두려워하지 않았다.

거친 방법을 써서라도 이민혁을 막으려고 들었다.

그러나.

—곤노 야스유키가 이민혁에게 덤벼듭니다! 부딪치려는 것 같죠? 아! 위험한데요?! 오오?! 오히려 곤노 야스유키가 튕겨 나갑니다!

이민혁은 쉽게 당해 주지 않았다.

상대의 의도를 모른다면 당했겠지만, 이민혁은 세계 최고의 리그에서 집중적인 견제를 당해 온 남자였다.

"나한텐 안 통하지."

일본대표팀 선수들의 분위기가 변한 것도 알고 있었고, 저들이 더욱 거칠게 나온다는 것도 전부 눈치채고 있었다.

그때였다.

─이민혁, 위험합니다!

이민혁의 넓은 시야엔 보였다.

위험한 슬라이딩태클을 시도하는 상대의 모습이.

툭!

이민혁은 공을 가볍게 띄웠고.

타앗!

땅을 박차고 뛰어올랐다.

다리를 높게 드는 점프.

그 움직임으로 일본의 수비수 미우라 겐타의 슬라이딩태클을 피해 냈다.

이민혁의 전매특허라고 할 수 있는 그 움직임에.

와아아아아아아아!

관중석에선 뜨거운 함성이 터져 나왔다.

그리고.

후웅!

이민혁은 그대로 다리를 휘둘렀다.

골대와의 거리는 22m.

전혀 망설이지 않고 중거리 슈팅을 때려 냈다.

[상대의 페널티박스 바깥에서 슈팅했습니다!]

['중거리 슈터' 스킬 효과가 발동됩니다!]

[슈팅의 정확도가 대폭 상승합니다.]

쒜에에엑!

강한 바람소리를 내며 쏘아진 공.

그 공이 일본의 골 망을 흔들었다.

일본의 골키퍼 나카무라 고스케는 땅에서 발을 떼지도 못했다.

공의 움직임을 완전히 놓쳐 버린 것이다.

─우와… 감탄만 나오네요……! 이민혁 선수가 자신이 완전히 다른 클래스라는 것을 이렇게 보여 주네요……!

─…와…….

해설들이 할 말을 잃어버렸다.

이들뿐만 아니라 경기를 지켜보던 모두가 할 말을 잃었다.

그만큼 이민혁이 한일전에서 보여 주고 있는 경기력은 충격적이었다.

다만, 이들은 몰랐다.

　후반전 남은 시간 동안 이민혁이 더욱 미쳐 날뛸 거라는 사실을.

＊　　　　　＊　　　　　＊

　이민혁은 미친 듯 날뛰었다.

　오늘의 상대인 일본을 마치 쥐잡듯이 잡아 버렸다.

　―우와아아아! 엄청난 헤딩입니다! 이민혁이 압도적인 제공권을 보여 주며 세트피스 상황에서도 골을 만들어 냈습니다!

　―지금의 이민혁은 온몸이 무기인 선수죠~!

　―레인보우 플릭입니다! 이민혁이 오늘 거친 반칙들에 당하면서도 굴하지 않고 화려한 기술을 보여 줍니다!

　―이민혁, 슈팅! 들어갔습니다! 기습적으로 때린 슈팅이었는데, 그대로 일본의 골대 안으로 빨려 들어가네요! 정말 무서운 슈팅 능력입니다!

　―일본의 나카무라 고스케 골키퍼는 오늘 밤에 악몽을 꿀 것 같습니다!

　―일본이 공격과 수비, 그 무엇도 제대로 하지 못하고 있습니다! 완전히 무너졌어요!

―제가 제법 오랜 시간 해설 일을 해 왔지만, 이 정도로 압도적인 한일전을 보는 건 처음입니다……! 우리 선수들, 대단합니다!

　후반전의 일본은 무기력했다.
　최선을 다했지만, 이민혁이 있는 한국엔 상대가 되지 않았다.

　삐이이이익!

　일본한텐 너무나도 길게 느껴졌던 경기가 종료됐다.
　경기의 결과는 빠르게 기사화되어 인터넷을 뜨겁게 달궜다.

　「일본, 한국에 충격적인 패배!」
　「충격적인 스코어! 한국, 일본 상대로 15 대 0 스코어 기록하며 대승 거둬!」
　「이민혁, 10골 4도움 기록하며 국가대표팀 유니폼 입고도 축구황제다운 경기 펼쳐.」
　「한국의 전력을 바꿔 버리며 일본을 무너뜨린 이민혁, 곧 다가올 월드컵에선 어떤 모습 보일까?」

　최종 스코어 15 대 0.
　라이벌이라고 평가받던 한국과 일본의 경기 결과라고 하기엔 충격적인 결과였다.
　한국은 너무나도 강력했고, 일본은 무기력했다.
　이에 일본 축구 팬들은 분노했다.

ㄴ역겨운 경기였어. 오늘만큼은 일본인이라는 게 창피하다. 어떻게 더러운 반칙을 저렇게나 많이 했으면서 15골이나 먹힐 수가 있는 거지?

ㄴ일본의 축구엔 미래가 없어. 선수들은 당연하게 더러운 반칙을 해 대고, 실력은 없지. 12년간 축구를 봐 왔지만 이렇게나 화가 났던 축구경기는 처음이야.

ㄴ이민혁은 너무 잔인했어! 오늘의 일본대표팀은 아마추어 수준이었는데, 이들을 상대로 이렇게까지 할 필요는 없었잖아? 10골 4도움이라니……!

ㄴ일본축구대표팀은 다 잘라 버려야 해!!!! 정말 더럽게 못한다고!!!

ㄴ하하하… 15 대 0이라니……! 그것도 한국한테 당했다니……! 너무 바보 같아서 할 말이 없다.

ㄴ경기 보다가 너무 화가 나서 TV를 부숴 버렸어.

ㄴ일본은 축구시스템을 갈아엎어야 해! 대체 왜 매번 한국한테 밀리는 거냐고!

ㄴ공격도 멍청했지만, 수비는 진짜 최악이었어! 반칙을 쓰지 않으면 막지를 못하던데!

그때였다.

화가 잔뜩 나 있던 일본 축구 팬들이 더욱 흥분하기 시작했다.

경기가 끝난 직후, 경기장에서 일어나고 있는 일 때문이었다.

ㄴ응? 저 멍청이들 지금 뭐 하는 거야?

ㄴ설마… 지금 싸우는 건가? 이민혁의 유니폼을 얻으려고?

ㄴ15 대 0으로 저 놓고서 이민혁의 유니폼을 받으려고 한다고?
일본국민이 보고 있는 상황에서? 저 미친놈들이 일본축구대표팀
선수들이 맞는 거야?

ㄴ허허! 어이가 없네!

일본축구대표팀 선수들.

이들은 얼굴을 붉히며 다투고 있었다.

이민혁의 유니폼 때문이었다.

"이토! 내가 먼저 말했잖아! 이민혁 선수는 나한테 유니폼을
주기로 했다고!"

"어이, 우에다! 내가 얼마나 이민혁 선수를 좋아하는지 알면서
이러는 거냐?! 이민혁 선수의 유니폼은 내 거라고!"

"야! 너희 둘만 떠들지 마! 결국 선택은 이민혁 선수가 하는 거
잖아? 이민혁 선수! 저도 이민혁 선수의 유니폼을 받고 싶어요!"

"넌 왜 갑자기 끼어들고 난리야?"

"내 맘인데 어쩌라고?"

이처럼 일본축구대표팀 선수들은 강렬히 원했다.

현재 세계 최고의 선수이자, 슈퍼스타이고, 축구 역사를 새로
쓰고 있는 이민혁의 유니폼을.

물론 이민혁은 유니폼을 주는 것에 아무런 거부감이 없었다.

다만, 일본의 대표팀 선수들을 걱정할 뿐이었다.

'저러면 욕을 되게 많이 먹을 텐데? 에휴! 뭐, 알아서들 하시겠지.'

이민혁은 멋쩍게 웃으며, 아직도 싸우고 있는 일본 선수들을 향해 소리쳤다.

"자, 자! 싸우지들 마시고! 가위바위보 하세요. 아… 일본에선 짱깬뽀라고 하나……? 하여튼 그거 해서 이긴 분에게 드릴게요."

* * *

같은 시각.

일본대표팀 선수들의 유니폼 쟁탈전을 본 한국 축구 팬들의 반응은 뜨거웠다.

ㄴ억ㅋㅋㅋㅋㅋㅋ 배짼다ㅋㅋㅋㅋㅋㅋ 살다살다 이런 장면을 보게 될 줄이야ㅋㅋㅋㅋㅋ

ㄴ일본 애들 미친 것 같은데?ㅋㅋㅋㅋ 저러다 자국으로 돌아가면 총 맞는 거 아니냐?ㅋㅋㅋㅋ

ㄴ근데 쟤들 마음은 이해가 돼ㅋㅋㅋㅋㅋ 나였어도 이민혁 유니폼은 받으려고 할 거야.

ㄴ저 정도면 경기가 진행되는 내내 이민혁 유니폼 받을 생각만 한 것 같은데?ㅋㅋㅋㅋㅋㅋㅋㅋㅋㅋㅋ

ㄴ진심 개웃겨ㅋㅋㅋㅋ

ㄴ애들아 실시간 일본팬들 반응이 더 웃김ㅋㅋㅋㅋㅋ링크 줄게 가서 봐 봐ㅋㅋㅋㅋ

ㄴㅋㅋㅋㅋㅋㅋㅋㅋㅋ일본 애들 가위바위보 하고 있는 거 실화냐?ㅋㅋㅋ쟤들 저거 이민혁 유니폼 받으려고 저러는 거 맞지?ㅋㅋㅋㅋㅋ

ㄴ상황 보니까 이민혁이 시킨 것 같은데?ㅋㅋㅋㅋㅋ

ㄴ아;;;; 근데 니도 받고 싶긴 하냐. 사손심이고 뭐고, 이민혁의 유니폼이잖아? 저건 들고만 있어도 가보로 남길 수 있음.

ㄴ그건 맞지ㅋㅋㅋㅋㅋㅋ

이민혁이 입고 있던 유니폼을 벗었다.

가위바위보의 승자는 일본의 골키퍼 나카무라 고스케였다.

오늘 15골을 먹히며 갖은 고생을 다 한 나카무라 고스케 골키퍼.

그는 이민혁이 내민 유니폼을 받아들며 진심으로 기뻐했다.

"이야쓰! 됐어! 내가 축구황제의 유니폼을 받았다고!"

반면, 유니폼을 얻는 것에 실패한 일본 선수들은 어깨를 축 늘어뜨리며 경기장을 벗어났다.

그렇게 유니폼 사건이 끝났고.

아까부터 이민혁의 주변을 맴돌던 한국대표팀의 공격수 이근오가 기다렸다는 듯 질문을 쏟아 내기 시작했다.

"오우 쉣! 민혁아! 이게 무슨 상황이야? 방금 내가 대충 보고 듣기론 네 유니폼 쟁탈전이 일어났던 것 같은데? 맞지?"

"아, 예. 그렇게 됐네요."

"우와! 일본대표팀 선수들이 이렇게 유니폼을 요청할 줄은 몰랐는데, 역시 민혁이 네 인기가 대단한가 보다."

"하하… 그러게요. 저도 한일전에서 이렇게 될 줄은 몰랐네요."

"근데 쟤들은 졌지만 잘 싸운 것도 아니고, 15 대 0으로 져 놓고서 유니폼을 요청하네? 저러다가 일본으로 돌아가면 큰일 나는 거 아닐까?"

"저도 그 부분이 좀 걱정되긴 했는데, 그냥 신경 안 쓰려고요."

"멋있다 민혁아. 예전에 국대에서 처음 봤을 땐 그래도 인간처럼 보이긴 했는데, 이젠 아예 넘사벽이 되어 버렸어. 근데 나한테만 솔직히 말해 주면 안 돼? 민혁아, 너 인간 아니고 신이나 외계인이지?"

"에이, 아니에요. 형이랑 똑같은 사람이죠."

"사람이라고? 네가 오늘 공격포인트 몇 개 기록했지?"

"10골 4도움 기록했으니까… 14개네요."

"…사람 아니네."

"하하!"

이젠 꽤 오래 봐 온 대표팀 선배이자, 좋은 형인 이근오와의 대화는 재밌었다.

이민혁은 그와의 대화를 마친 뒤, 여전히 웃는 얼굴로 허공을 바라봤다.

가위바위보를 시키고 유니폼을 건네주고, 이근오와 대화까지 하느라 제대로 확인하지 못했던 메시지들을 확인할 시간이었다.

한일전에서 좋은 활약을 펼치고 대승을 거뒀기 때문인지 메시지의 양은 상당히 많았다.

또한, 메시지에 담긴 내용은 이민혁의 얼굴에 지어진 웃음을
더욱 짙어지게 만들었다.

[퀘스트를 완료하셨습니다!]
[퀘스트 내용: 한일전에서 승리하세요.]
[보상으로 경험치가 10% 증가합니다.]

[퀘스트를 완료하셨습니다!]
[퀘스트 내용: 한일전에서 10점 차 이상의 대승을 거두세요.]
[보상으로 경험치가 200% 증가합니다.]

[퀘스트를 완료하셨습니다!]
[퀘스트 내용: 한일전에서 10개의 골을 기록하세요]
[보상으로 경험치가 200% 증가합니다.]

[퀘스트를 완료하셨습니다!]
[퀘스트 내용: 한일전에서 10개 이상의 공격포인트를 기록하세요]
[보상으로 경험치가 100% 증가합니다.]

[퀘스트를 완료하셨습…….
…….
…….

[레벨이 올랐습니다!]

[레벨이 올랐습니다!]

[레벨이 올랐…….]

…….

…….

…….

"하하!"

이민혁이 크게 웃음을 터뜨렸다.

무려 7개의 레벨이 올랐다는 것이 그를 기쁘게 했다.

"7개라니……! 레벨이 어마어마하게 올랐네. 이래서 한일전은 미친 듯이 뛰고 봐야 한다니까?"

얻은 스탯 포인트는 14개.

이민혁이 충분히 많은 성장을 할 수 있게 해 줄 스탯 포인트였다.

[스탯 포인트 9를 사용하셨습니다.]

[탈압박 능력치가 9 상승합니다.]

[현재 탈압박 능력치는 134입니다.]

[스탯 포인트 5를 사용하셨습니다.]

[수비 능력치가 5 상승합니다.]

[현재 수비 능력치는 100입니다.]

탈압박 능력치는 이제 134가 되었고, 수비 능력치는 100이 됐다.

그중 이민혁의 관심을 더 많이 끈 것은 수비 능력치였다.

"어느새 100이 됐네."

수비 능력치의 상승은 이민혁에게 큰 체감을 안겨 줬다.

수비 능력치가 80이 되었을 땐, 소속 팀의 공격수들을 제법 잘 막을 수 있게 됐고.

90이 되었을 땐, 뚫릴 때보다 막을 때가 더 많았다.

사실상 라리가 내에서도 상위권에 속하는 수비 능력을 지니게 된 것이었다.

당연하게도 한국대표팀에서의 훈련 때는 이근오나 김진욱 같은 공격수가 이민혁을 거의 한 번도 뚫지 못했다.

드리블 좀 한다는 한국의 미드필더들도 마찬가지였다. 그들은 이민혁의 앞에선 너무나도 쉽게 공을 빼앗겼다.

그런데.

이제는 수비 능력치가 100이 되어 버렸다.

이게 어떤 결과를 만들어 낼지, 이민혁은 궁금해졌다.

"소속 팀으로 돌아가면 동료들이 많이 놀라겠지?"

* * *

일본과의 경기를 끝내고.

이민혁은 곧바로 스페인행 비행기에 올라탔다.

제대로 휴식을 취할 여유는 없었다. 최대한 빠르게 팀에 합류해야 했다.

소속 팀인 아틀레티코 마드리드는 라리가에서 리그를 진행

중이었고, 이민혁은 그 팀의 에이스였으니까.

없어선 안 될 존재가 되어 버렸으니까.

"피곤하시죠?"

피터가 이민혁을 걱정하며 질문했다.

짧은 시간에 경기를 뛰고, 일본과 스페인을 오가는 건 절대 체력적으로 쉬운 일이 아니었기 때문에 나온 질문이었다.

"괜찮아요. 몸 상태는 나쁘지 않아요. 어제 비행기에서 잠을 잘 자서 그런가? 물론 어제 집에 와서도 잘 자기도 했고요."

"잘 주무시긴 하더라고요. 매번 얘기하지만, 참 신기해요."

"신기하다고요? 뭐가요?"

"이민혁 선수의 체력이요. 볼 때마다 미스터리예요. 이렇게 강행군을 펼치면서도 매번 괜찮다고 말하고, 정말로 괜찮은 모습을 보여 주잖아요?"

"잘 먹고 잘 자고, 체력 훈련을 꾸준히 하니까요. 그리고……."

피터와 평소와 같은 대화를 나누며, 이민혁은 차에서 내렸다.

"도착했네요."

"며칠 안 지났는데도 오랜만에 소속 팀에 온 기분이에요. 아~! 재밌겠다!"

이민혁은 환하게 웃으며 훈련장으로 발걸음을 옮겼다.

주차장과 훈련장의 거리는 꽤 있었지만, 피터와 떠들며 걷다 보니 어느새 훈련장이 눈앞에 보였다.

그런데.

"응? 뭐야, 분위기가 왜 이래?"

팀의 분위기가 심상치 않았다.

*　　　　*　　　　*

훈련장의 분위기는 심상치 않았다.

디에고 시메오네 감독과 헤르민 부르고스 수석코치, 그리고 모든 선수가 한 선수를 둘러싸고 있었다.

"뭐야?"

좋지 못한 분위기에 이민혁이 모두가 모인 곳으로 성큼성큼 다가갔다.

"음……."

다가가는 동안 이민혁의 표정은 굳어 있었다.

어떤 일이 벌어진 것인지, 예상하는 건 어렵지 않았다.

그리고 그곳엔 설마 했던 일이 벌어져 있었다.

"으윽……! 젠장! 내 다리를 부러뜨릴 셈이냐?"

디에고 고딘.

아틀레티코 마드리드 핵심 수비수인 그가 다리를 부여잡고 짜증을 내고 있었다.

그의 바로 옆엔 태클을 한 앙헬 코레아가 연신 미안하다며 사과를 하고 있었고.

'…부상이구나. 상태도 꽤 심각해 보이는데?'

이민혁이 씁쓸한 표정으로 고개를 저었다.

디에고 고딘이 저 정도로 짜증을 낼 정도면 상태가 어지간히 좋지 않은 모양이었다.

계속해서 디에고 고딘과 의사소통을 하며 상태를 확인하던 의료진의 표정도 좋지 못했다.

디에고 시메오네 감독을 보며 고개를 젓는 의료진의 행동에, 주변에 있던 선수들도 씁쓸한 얼굴로 탄식했다.

"아… 디에고 고딘이 부상이라니……."

"망했네… 디에고가 없으면 안 되는데……."

"하… 고딘이 부상이라고……?"

"…당장 다음 경기부터 문제가 터지겠군."

디에고 시메오네 감독의 반응도 크게 다르지 않았다.

"회복하려면 얼마나 걸릴 것 같습니까?"

"정밀검사를 해 봐야 알겠지만… 최소 두 달은 쉬어야 할 것 같습니다……."

"두 달이요? 젠장, 너무 길잖아요!"

양손으로 머리를 감싸며 탄식을 한 그는, 연신 짜증을 내며 훈련장을 떠났다.

그 모습을 보며, 이민혁은 작게 한숨을 내쉬었다.

'가뜩이나 부상도 많은데, 디에고 고딘까지 다치다니… 머리가 아프시겠네.'

디에고 시메오네 감독과 동료들의 반응은 절대 과장된 게 아니었다.

최근 아틀레티코 마드리드는 선수들의 줄부상으로 고생을 하고 있었으니까.

이민혁의 존재감과 실력, 그리고 선수들의 위닝멘탈리티 덕에 꾸준히 대승을 거두고 있긴 하지만, 속은 점점 비어 가고 있었다.

수비 자원도 부족했다.

선발로 나올만한 수비수도 없었고, 디에고 고딘을 대체할 수 있는 수비수도 당연히 없는 상황이었다.

어쩔 수 없이 다른 포지션에서 뛰는 선수에게 수비를 시켜야 할 정도로 상황은 좋지 못했다.

그런 상황에서.

디에고 시메오네 감독은 이민혁을 따로 불렀다.

＊　　　　＊　　　　＊

똑똑!

이민혁은 디에고 시메오네 감독의 방문을 노크했다.

"들어오게."

"예, 감독님."

디에고 시메오네 감독과의 독대.

대화의 시작은 가벼운 주제였다.

"오늘도 죽기 직전까지 훈련했겠지?"

"그냥 늘 하던 대로 했죠."

"그럼 맞네. 오늘도 어지간한 선수들은 따라 하지 못할 죽음의 훈련을 하고 왔구만."

"하하! 그 정도는 아니에요."

"밥은 잘 챙겨 먹고 있지? 뭐, 자네는 워낙 알아서 잘하니까 걱정은 안 된다만."

"예, 부모님이 고생해 주시는 덕분에 잘 챙겨 먹고 있습니다."

그때였다.

디에고 시메오네 감독은 씁쓸한 미소를 지으며 주제를 바꿨다.

"…자네도 알다시피 최근 팀의 상황이 좋지 않아. 겉으로는 화려한 성적을 거두고 있지만, 내부는 크게 흔들리고 있지."

"부상을 얘기하시는 거죠?"

"그래, 솔직히 로테이션을 돌릴 수도 없고, 선수들을 제대로 된 포지션에서 뛰게 하기도 힘들 정도야. 그렇다고 새로운 영입 계획도 없지."

"…그런 상황에서 디에고 고딘이 부상을 입었죠."

"최악이지."

"최악이네요."

디에고 시메오네 감독과 이민혁은 서로를 보며 씨익 미소지었다.

마피아 보스처럼 보이는 감독의 미소와 특유의 덤덤한 얼굴에서 나오는 이민혁의 미소가 마주했고.

디에고 시메오네 감독의 미소엔 씁쓸한 감정이 담기기 시작했다.

동시에, 그가 본론을 꺼냈다.

"자네에게 부탁할 게 있네."

이민혁은 여전히 덤덤하게 미소를 띠며 고개를 끄덕였다.

"예상은 했습니다. 말씀하시죠."

"팀을 위해 희생해 줄 수 있나?"

"수비수로 뛰라는 건가요?"

"…그렇다네. 현재 아틀레티코 마드리드엔 디에고 고딘의 역할을 맡아 줄 선수가 없어. 디에고 고딘은 단순히 수비만 잘하는 게 아니라, 뛰어난 축구 지능으로 수비수들을 이끄는 능력이 뛰어난 친구고… 대체가 불가능한 선수야."

"그런 디에고 고딘의 자리를 윙어와 스트라이커로 뛰는 제가 메울 수 있다고 생각하세요?"

"부족하겠지."

"예, 저도 그렇게 생각해요."

"하지만 디에고 고딘에 비하면 부족하다는 것일 뿐, 자네라면 아틀레티코 마드리드의 수비를 잘 이끌어 줄 수 있다고 생각하네. 민혁, 자네의 수비 실력은 어지간한 수비수보다 뛰어나고, 축구 지능 역시 대단한 수준이니까."

"음……."

"그래서 이렇게 부탁하는 걸세. 자네가 득점 기록을 세우고 있는 것도 알고 있기에 조심스럽지만, 디에고 고딘이 다친 이후로 아무리 생각해도 자네 말고 다른 선수의 얼굴은 떠오르지 않더군."

"잠시 고민할 시간 좀 주실 수 있나요?"

이민혁은 신중했다.

감독의 부탁이라고 해도 무조건 들어 줄 생각은 없었다.

디에고 시메오네 감독의 말처럼 현재 자신은 압도적인 라리가 득점왕 페이스를 달리고 있고, 지난 시즌에 EPL에서 세웠던 공격포인트 기록을 깨기 위해 열심히 달려오던 상황이었다.

그런 상황에서 수비수로 뛰어 달라는 부탁을 받았다.

게다가 디에고 고딘의 부상은 가벼워 보이지도 않았다.

때문에 생각보다 더 오랜 시간을 수비수로 뛰어야 할지도 모르는 부탁이었다.

'아까 듣기론 디에고 고딘이 복귀하려면 최소 2달이 걸릴 것 같다고 한 것 같은데… 어렵네.'

고민은 길어졌다.

디에고 시메오네 감독은 그런 이민혁을 말없이 기다려 줬다.

그리고 지금.

마침내 이민혁이 입을 열었다.

특유의 미소를 띤 얼굴을 한 채로.

"해 보죠, 뭐."

아틀레티코 마드리드 수비의 핵심인 디에고 고딘의 역할을 해 보겠노라 말했다.

*   *   *

"정말인가?! 정말 센터백으로 뛰어 주겠다는 건가?"

"어쩔 수 없잖아요. 어차피 대체할 선수도 없다고 하셨고, 그나마 제가 낫다고 하셨으니 한 번 해 보려고요."

"당연히 거절할 줄 알았는데… 자네는 매번 날 놀라게 하는군."

"제가 센터백 역할을 잘할지는 모르겠지만, 나름 좋은 경험이 될 것 같아서요."

이민혁은 처음엔 거절하려고 했었다.

하지만 조금 생각을 해 보니, 그럴 필요가 없었다.

'분명 수비와 관련해서도 퀘스트가 생성될 거야. 이거… 잘하면 경험치를 많이 받을 수도 있겠어.'

성장에 큰 도움이 될 것 같았으니까.

게다가 수비에 자신감이 없었다면 모를까, 현재 이민혁의 수비 능력치는 무려 100이었다.

수비 능력치가 100이 되기 전에도 스트라이커 또는 윙어로 뛰는 선수라고는 믿을 수 없을 정도로 괜찮은 수비 능력을 보여 줬으니, 이젠 더 괜찮은 수비를 보여 줄 수 있지 않을까라는 생각도 했다.

그리고.

'수비 경험이 아예 없는 건 아니니까.'

이민혁은 과거에 풀백으로 뛰었던 경험도 있고, 수비형 미드필더로 뛰었던 경험도 있었으니까.

그때, 이민혁의 입가에 떠 있던 미소가 짙어지기 시작했다.

"오……!"

갑작스레 떠오른 메시지 때문이었다.

[퀘스트를 완료하셨습니다!]

[퀘스트 내용: 팀이 위기에 빠진 상황! 디에고 고딘이 돌아올 때까지 수비수로 뛰어 달라는 디에고 시메오네 감독의 부탁을 들어 주세요.]

[보상으로 경험치가 30% 증가합니다.]

이후, 이민혁은 수비 훈련의 시간을 늘렸다.

디에고 시메오네 감독과 코치들도 이민혁의 수비 훈련에 정성을 쏟았다.

며칠 뒤.

「아틀레티코 마드리드, 수비의 핵심, 디에고 고딘이 훈련 중 부상! 복귀하려면 최소 2달!」

「아틀레티코 마드리드, 헤타페전 선발 명단 공개! 부상당한 디에고 고딘의 자리에 이민혁의 이름 올라오며 팬들을 혼란에 빠뜨려!」

선발 명단에 센터백으로 올라온 이민혁의 이름에 전 세계 축구 팬들은 당혹감을 드러냈다.

ㄴ응????? 내가 지금 뭘 본 거지? 이민혁이 왜 센터백에 이름을 올렸지?

ㄴ이게 무슨 일이지? 이민혁이 왜 수비수야? 디에고 시메오네 감독이 미친 건가?

ㄴ아틀레티코 마드리드의 수비수 디에고 고딘이 부상이라잖아.

ㄴ근데 왜 이민혁이 수비를 보냐! 차라리 가비 같은 선수를 수비로 내리는 게 맞지! 이민혁이 공격수치고 수비 능력이 뛰어나고, 최근 수비가 더 좋아지고 있긴 하지만, 그래도 이민혁은 공격수잖아? 그것도 세계 최고의 스트라이커이자 세계 최고의 윙어야.

말도 안 되는 득점력을 보여 주고 있고. 근데 이런 선수를 수비수로 쓴다? 디에고 시메오네는 세계 최고의 무기를 버린 셈이야.

ㄴ…듣고 보니 그러네?

ㄴ푸하하하! 디에고 시메오네 감독이 명장병에 걸린 건가? 어떻게 이민혁을 센터백으로 출전시킬 생각을 했지?

ㄴ다들 디에고 시메오네 감독이 명장이라는 사실을 간과하면 안 돼. 순진하게 이민혁을 정통 센터백으로 활용할 거라는 생각을 하는 건 아니지?

ㄴ가짜 센터백일 수도 있겠지만, 확실히 놀라운 선택이긴 해.

ㄴ큭큭! 재밌겠어! 과연 중앙수비수 이민혁은 어떤 모습을 보여 줄까? 만약 중앙수비수로도 잘해 버리면, 이민혁은 정말 축구의 신이지!

이처럼 축구 팬들이 당황하고, 기대감을 드러내고 있을 때.

─아틀레티코 마드리드와 헤타페의 선수들이 경기장에 입장합니다!

─이 경기는 현재 많은 관심을 받고 있죠?

─그렇습니다! 최근 안타깝게도 디에고 고딘 선수가 부상을 입었다는 소식이 있었는데, 오늘 선발 명단에 이민혁 선수가 수비수로 올라와서 큰 화제가 된 상태입니다!

─중앙수비수로 출전한 이민혁은 많이 신선한데요? 세계 최고 수준의 리그인 라리가에서 과연 이민혁 선수가 어떤 수비 능력을 보여 줄지, 궁금하네요!

이민혁을 포함한 양 팀 선수들이 경기장에 모습을 드러냈다.

＊　　　　　＊　　　　　＊

헤타페는 현재 리그 6위를 기록할 정도로 강한 팀이었다.

세계 최고의 리그 중 하나인 라리가에서 6위를 달리고 있다는 것.

헤타페의 강함이 증명되는 일이었다.

삐이이이익!

경기 시작과 동시에 헤타페가 빠르게 공을 돌렸다. 이들의 움직임엔 최근 기세가 좋다는 게 훤히 묻어 나왔다.

─헤타페의 기세가 상당한데요? 리그 1위인 아틀레티코 마드리드를 상대로 전혀 주눅 들지 않고 있습니다!

─아마 헤타페는 이번 경기에서 꼭 이기고 싶을 겁니다. 공격수인 이민혁 선수가 센터백으로 출전했는데도 패배한다면, 자존심이 상할 수밖에 없거든요! 실제로 경기가 시작되기 전에, 헤타페의 호세 보르달라스 감독도 '이민혁은 분명 최고의 선수지만, 그를 수비수로 활용하는 건 헤타페를 무시하는 일'이라고 인터뷰를 했었죠!

해설들의 말처럼 헤타페 선수들의 눈빛엔 독기가 차 있었다.

이들은 자신들이 무시당했다고 생각하고 있었고, 오늘의 아틀레티코 마드리드에겐 절대 지지 않겠다는 마음가짐을 갖고 있었다.

그런 강한 마음가짐 때문일까?

헤타페는 순조롭게 아틀레티코 마드리드의 압박을 이겨 내며 공격을 전개했다.

마침내 수비라인까지 접근한 헤타페의 공격수 호르헤 몰리나는 한쪽 입꼬리를 올렸다.

자신의 앞을 가로막은 이민혁을 향한 비웃음이었다.

*   *   *

헤타페의 선수들은 아틀레티코 마드리드의 에이스 이민혁을 존중했다.

이민혁은 신계에 오른 축구선수라고 평가받던 리오넬 메시와 크리스티아누 호날두보다 더 높은 위상을 얻은 현재 세계 최고의 선수였으니까.

게다가 이민혁은 경기장 안에서 신사적인 플레이를 하는 것으로도 유명한 선수였으니까.

깔끔하게 공을 빼내는 태클을 구사하고, 먼저 건드리지 않는한 지저분한 플레이도 거의 하지 않는 선수. 오로지 실력으로 상대를 압도하는 선수.

그게 바로 이민혁이었다.

그런데.

그토록 존중하는 이민혁의 앞에서 호르헤 몰리나가 비웃음을 흘렸다.

"아무리 그래도 센터백은 좀 아니지."

비웃음이 나올 수밖에 없었다.

이들이 존중하는 건 윙어로 뛰는 이민혁과 스트라이커로 뛰는 이민혁이었으니까.

수비수로 뛰는 이민혁이 아니었으니까.

―이민혁이 호르헤 몰리나를 가로막습니다! 과연 오늘 수비수로 출전한 이민혁이 어떤 모습을 보여 줄지!

―호르헤 몰리나의 움직임에 자신감이 대단하네요!

호르헤 몰리나는 과감하게 돌파를 시도했다.

상대가 이민혁이기에 뚫어 낼 자신이 있었고, 다른 방법은 생각하지 않았다.

그때였다.

조용히 호르헤 몰리나의 움직임을 주시하던 이민혁이 움직였다.

140의 속도

120의 민첩

133의 몸싸움

100의 수비

수비와 관련됐다고 말할 수 있는 능력치.

그런 능력치를 지닌 이민혁의 수비 움직임은 호르헤 몰리나가 무시할 수준이 아니었다.

빠르고 정확하게, 이민혁은 호르헤 몰리나가 들어오는 공간으로 더 먼저 어깨를 집어넣었다.

그런데 이때.

"설마 내가 그렇게 뻔하게 움직일까?"

호르헤 몰리나가 급격히 방향을 틀었다. 이민혁을 뚫기 위한 덫이었다.

"쉽네."

호르헤 몰리나의 입꼬리가 치솟았다.

세계 최고의 선수인 이민혁을 농락했다는 사실에 기분이 좋아진 것이다.

'저렇게 중심이 무너지면 쉽게 밸런스를 잡기 힘들지.'

설마 이민혁이 중심을 잡을 것이라는 생각은 조금도 하지 못했다.

그런데.

탓! 휘익!

이민혁이 중심을 잡았다.

그걸로도 모자라 땅을 박차고 다리를 쭈욱 뻗었다.

"……!"

호르헤 몰리나는 화들짝 놀라서 몸을 돌리려고 했다. 공을 지키면서 반칙을 유도하려는, 본능적인 움직임이었다.

하지만 이민혁의 움직임이 훨씬 더 빨랐다.

호르헤 몰리나가 몸을 돌리기도 전에 이민혁의 발이 더 먼저 공을 건드렸다.

　—우와아아! 이민혁이 호르헤 몰리나의 돌파를 막아 냅니다! 역시 이민혁 선수의 수비는 공격수라고 하기엔 너무 뛰어나네요!
　—디에고 시메오네 감독이 이민혁 선수를 센터백으로 출전시킨 이유가 있었네요~! 이민혁이 아주 좋은 수비로 팀을 위기에서 구해 냅니다!
　—중심을 잃을 것 같은 상황에서 빠르게 중심을 잡고 과감하게 슬라이딩태클을 시도하네요! 이민혁 선수, 수비에 대한 자신감이 대단한데요?

　이후에도 이민혁은 수비수로서도 좋은 모습을 보였다.
　워낙 공을 지키는 능력과 패스 능력이 좋다 보니, 안정적으로 팀의 빌드업을 이끌었다.
　다만, 이민혁이 없는 아틀레티코 마드리드의 공격은 잘 풀리지 않았다.
　그동안 이민혁에 대한 의존도가 높았기 때문일까?
　아틀레티코 마드리드의 공격진은 평소보다 훨씬 못한 수준의 공격만을 시도했다.

　—아틀레티코 마드리드의 공격이 날카로움을 보여 주지 못하고 있는데요? 마지막에 나오는 패스가 좋지 못합니다. 선수들이 조금 더 집중해야 할 것 같네요!

―공격의 핵심이던 이민혁이 없기 때문이겠죠. 사실상 아틀레티코 마드리드에서 마지막 패스와 마무리를 담당하던 선수가 이민혁이었으니까요.

반면 헤타페의 공격은 날카로웠다.

이민혁을 중심으로 한 아틀레티코 마드리드의 수비진은 그런 헤타페의 공격을 힘겹게 막아 냈다.

―아틀레티코 마드리드의 수비진이 많이 힘들어하고 있습니다!

―역시 핵심 수비수들이 부상으로 출전하지 못하는 것이 경기력에서 드러나네요. 수비수가 아닌 이민혁 선수가 좋은 수비 실력을 보여 주고 있지만, 확실히 수비수로서의 경험이 부족한 모습은 보이네요.

이민혁의 수비는 완벽하지 못했다.

일대일로 상대 공격수를 막아 내는 것엔 뛰어난 모습을 보였지만, 수비라인을 관리하고 수비수들을 조율하는 역할엔 어려움을 드러냈다.

어쩔 수 없는 일이었다.

이민혁은 수비수로 뛴 경험이 아주 적었으니까.

그래도.

―마우로 아람바리가 공을 빼앗겼습니다! 이민혁의 태클이 또다시 빛나네요! 엄청난 태클입니다!

이민혁은 어찌어찌 상대의 공격을 막아 내며 골을 내주지 않았다.

다만, 그의 표정은 좋지 못했다.

'이대로는 안 돼.'

괜찮은 수비를 보여 주고 있지만, 전혀 기쁘지 않았다.

팀이 밀리고 있으니까.

현재 아틀레티코 마드리드가 헤타페에 밀리고 있다는 건 전문가가 아닌, 관중들이 봐도 알 정도였다.

점유율에서부터 헤타페가 압도적이었다.

아틀레티코 마드리드는 제대로 된 슈팅을 시도하지도 못하고 있었다.

'조금 더 전진해 봐야겠어.'

이민혁은 공을 몰고 전진했다. 센터백인 이민혁이 공을 몰고 전진하자, 헤타페의 공격수들이 기다렸다는 듯 덤벼들었다.

이곳은 아틀레티코 마드리드의 수비 지역이었고, 공을 뺏기만 하면 바로 골 기회를 얻는 것이기에 헤타페의 공격수들은 적극적으로 이민혁을 압박했다.

하지만, 수비수로 출전했어도 이민혁은 이민혁이었다.

2~3명에게 둘러싸여도 공을 지켜 내고, 압박을 벗어나는 이민혁의 능력은 수비수로 뛸 때도 발휘됐다.

―이민혁이 두 명에게 압박을 당하면서도 공을 빼앗기지 않습니다! 다른 선수였다면 위험하게 보였겠지만, 이민혁은 다르네요!

너무나도 안정적입니다! 절대 공을 빼앗기지 않을 것 같은 느낌이
드네요!

　─실제로 이민혁 선수의 볼 키핑 능력은 최고죠! 탈압박 능력도
최고고요! 몸싸움 능력도 지금 보시면, 두 명을 상대로도 밀리지
않죠?

　2명을 상대하던 이민혁이 기어코 압박을 벗어났다.

　이어서 직접 공을 소유한 채로 전진하며 동료들의 움직임을
바라봤다.

　─이민혁이 압박을 벗어났습니다! 이번엔 직접 기회를 만들어
줄 생각인 것 같은데요?

　이민혁의 과감한 탈압박 시도와 전진.

　그 움직임에 디에고 시메오네 감독이 주먹을 불끈 쥐며 소리
쳤다.

　"좋아! 바로 그거야! 민혁, 하고 싶은 대로 해!"

　아틀레티코 마드리드의 감독인 디에고 시메오네.

　그가 원했던 그림이 바로 이런 것이었다. 이민혁이 수비에 성
공하고 직접 공을 몰고 전진해 팀의 공격까지 풀어 주는 것.

　이민혁에게 과하게 의존하는 것이긴 했지만, 어쩔 수 없었다.

　축구황제 이민혁은 그만큼 믿음직스러웠으니까.

　'이민혁이라면 믿을 수밖에 없지!'

　디에고 시메오네 감독은 확신했다.

그 어떤 감독이라도 이민혁을 보유한다면 의존하게 될 수밖에 없을 거라고.

*　　　　*　　　　*

헤타페의 플레이는 거칠다.

거칠기로 소문난 프리미어리그의 팀들조차 한 수 접어 줄 정도로 거칠었다.

이들의 거친 플레이는 아틀레티코 마드리드를 만난 오늘도 여전했다.

특히, 수비수로 출전한 이민혁이 헤타페 선수 2명의 압박을 이겨 내며 전진하기 시작했을 땐.

이들의 거친 플레이가 더욱 돋보이기 시작했다.

─세르히오 모라, 태클! 아! 이민혁이 넘어집니다! 반칙이죠! 발이 너무 높았습니다!

─어? 이게 옐로카드가 아니네요? 분명 발이 높았는데요? 오늘은 주심이 너무나도 관대한 판정을 내리고 있습니다!

─이건 관대해야 할 상황이 아닌 것 같은데 말이죠! 이민혁 선수의 상태가 괜찮기를 바라야겠습니다…….

이민혁은 벌떡 일어났다.

정강이를 걷어차였기에 아프긴 했지만, 못 일어날 정도는 아니었다. 아직 팀의 첫 골이 나오지 않은 상황이었다. 버틸만한 고통을 가지고 드러누워 있을 생각은 없었다.

툭!

이민혁은 공을 가볍게 밀어 근처에 있던 코케에게 넘겼다.

코케는 공을 잡아 두지 않고 원터치 패스로 다시 이민혁에게 넘겼디.

그리고 지금.

―이민혁이 전진합니다!

이민혁이 속도를 높여 전진했다.

동시에.

"라인 올려!"

직접 수비라인을 컨트롤했다.

동료 수비수들에게 과감하게 라인을 올리라고 지시했다.

공을 빼앗기지 않고 전방으로 연결할 자신감이 있기에 나온 지시였다.

―이민혁이 수비라인을 컨트롤하네요! 허허! 아틀레티코 마드리드에서 처음으로 센터백으로 출전한 이민혁이 디에고 고딘 같은 모습을 보여 주고 있습니다!

―정말 놀랍네요! 이민혁이 센터백 자리에도 빠르게 적응하고 있습니다!

이민혁이 엄청난 스피드를 내며 드리블하자, 헤타페의 거친 플레이가 펼쳐졌다.

퍼억!

시작은 반칙성 차징이었다.

이민혁을 넘어뜨릴 생각으로 시도한 강한 몸통박치기.

다만, 이민혁의 몸싸움 능력치는 133.

먼저 차징을 시도한 마우로 아람바리가 오히려 튕겨 나가떨어질 정도 높은 능력치였다.

―마우로 아람바리가 나가떨어집니다! 허허허! 이민혁의 피지컬은 역시 강하네요!

분위기를 탄 이민혁이 계속 전진했다.

이제 헤타페의 선수들도 쉽게 달려들지 못했다. 몇 명이 제쳐지며, 수비진에 구멍이 뚫려 버렸기 때문이었다.

또다시 이민혁에게 인원을 투자하면, 다른 곳이 텅 비어 버리게 된다.

"이제야 숨통이 트이네."

자연스레 이민혁에게 가해지던 압박은 현저히 줄어들었다.

그리고.

그 즉시, 이민혁은 더욱 속도를 높여 과감한 드리블을 펼치기 시작했다.

―이민혁, 굉장히 **빠르게** 전진합니다!

순식간에 중앙선을 넘었고.

─어어? 이민혁, 다미안 수아레스를 가볍게 제쳐 냅니다! 측면으로 방향을 틀어서 파고드네요! 수비수로 출전한 이민혁이 마치 윙어처럼 헤디페의 측면으로 침투했습니다!

헤타페의 측면까지 뚫어 냈다.

풀백을 제쳐 낸 지금, 이민혁에겐 크로스라는 무기가 있었다.

하지만, 그의 시야에 보인 앙투안 그리즈만과 디에고 코스타의 위치는 좋지 못했다.

앙투안 그리즈만은 헤타페의 페널티박스 안으로 침투할 준비가 안 되어 있었고, 디에고 코스타는 헤타페의 센터백 칼라보다 좋은 자리를 잡지 못하고 있었다.

그래서.

이민혁은 판단을 내렸다.

'직접 간다.'

직접 돌파를 시도해서 마무리까지 해 버리기로.

*　　　*　　　*

헤타페의 풀백 다미안 수아레스를 뚫어 버린 상황이었기에.

이민혁을 막을 선수는 오직 헤타페의 센터백 다코남뿐이었다.

남은 수비수들은 디에고 코스타와 그리즈만의 움직임을 쫓느라 바빴다.

'충분히 해 볼 만해.'

이민혁은 자신감이 있었다.

수비수와의 일대일에서 이겨 내는 건 그가 가장 잘하는 것 중 하나였고, 그 상대가 라리가에서 최고 수준의 수비수라는 다코남이어도 달라질 건 없다고 믿었다.

'다코남… 잘하는 수비수지.'

이민혁은 다코남을 알고 있었다.

그는 센터백치고 키가 작았지만, 단단하고 민첩한 수비를 보여 주는 대단한 수비수였다.

하지만.

더 단단하고 민첩한 공격수를 만나면 고전하는 선수였다.

이민혁은 다코남보다 더 강인하고, 훨씬 더 빨랐다.

―이민혁이 다코남을 제쳐 냈습니다! 슈팅 타이밍입니다! 이민혁, 슈티이이잉! 고오오오오오오오올! 들어갔습니다! 이민혁이 놀라운 골을 터뜨립니다!

―우오오오! 도대체 몇 미터를 몰고 전진해서 넣은 골인가요?! 믿을 수 없는 장면을 만들어 내는 이민혁입니다!

*   *   *

ㄴ뭐야?!!!!!!!!! 나 이런 건 처음 봐! 도대체 몇 미터를 드리블해서 골을 넣은 거야? 최소 70m는 넘는 것 같은데?!

ㄴ미쳤네! 이민혁은 센터백으로 출전해서도 골을 넣네… 이 친

구는 정말 축구의 신인가?

└대단하다··· 헤타페 녀석들이 지저분하게 이민혁을 막으려고 했는데도 실패했잖아?

└수비부터 드리블, 슈팅까지 전부 완벽해! 이민혁은 도대체 뭐야? 수비수 역할을 왜 저렇게 잘하는 건데?

└아틀레티코 마드리드가 부럽다. 디에고 고딘이 없어도 이민혁이 수비를 해 주네. 게다가 얘는 골도 넣어 주네······.

└아직도 이민혁이 세계 최고의 선수라는 걸 인정 못 하는 멍청이가 있냐? 뭐? 리오넬 메시? 리오넬 메시가 센터백으로 뛸 수 있냐? 이민혁처럼 수비할 수 있냐? 절대 못 할걸?

└이민혁이 수비를 잘한다는 건 알고 있었는데, 이 정도일 줄은 몰랐어. 이건 그냥 센터백으로 뛰어도 적응만 잘하면 월드클래스가 될 수 있겠는데?

└태클 실력은 이미 월드클래스를 넘은 것 같아. 내가 볼 때 이민혁의 태클은 세계 최고야.

전 세계적으로 온라인 커뮤니티가 뜨겁게 달아올랐다.

같은 시각, 경기장의 분위기도 뜨거웠다.

아틀레티코 마드리드를 응원하던 팬들이 자리에서 일어나 목에 핏대를 세우고 이민혁의 이름을 외쳤다.

광기가 느껴질 정도의 함성.

휘익!

이민혁은 그들을 향해 손을 흔들었다.

그러자 더 이상 커질 수가 없을 것 같던 함성이 더욱 커졌다.

─이민혁 선수의 이름이 울려 퍼지고 있습니다! 이민혁 선수, 놀라운 골로 관중들을 완전히 사로잡았네요!
─어우~! 경기장이 쩌렁쩌렁 울립니다!

아틀레티코 마드리드 선수들의 표정엔 안도감이 드러났다.
밀리던 상황에서 나온 골은 가뭄의 단비와도 같이 느껴지게 마련이었기에, 이들의 부담감은 한층 낮아졌다.

─아틀레티코 마드리드가 안정을 찾은 것 같죠?
─맞습니다. 첫 골이 나오기 전까지는 선수들의 패스도 부정확하고 급해 보이는 느낌이 있었다면, 이제는 선수들의 움직임에 여유가 느껴지네요.

이민혁의 존재감은 컸다.
수비수로 출전했음에도 계속해서 정확한 패스를 뿌리고, 상대 선수들을 끌어들여 주는 플레이를 펼치니, 아틀레티코 마드리드 선수들의 부담감은 더욱 줄어들 수밖에 없었다.

─이민혁이 전진합니다! 오늘 수비수로 출전했음에도 이민혁 선수는 굉장히 과감하네요!
─하하하! 그만큼 실력에 자신이 있기 때문이겠죠?

툭! 툭!

이민혁이 공을 짧게 치며 전진했다.

리오넬 메시와 비슷하면서도 더 빠르고 민첩한 드리블.

상대 공격수가 덤벼들었지만, 이민혁은 침착하게 방향을 바꾸며 압박을 벗어났다.

압박을 벗어닌 직후, 이민혁의 발이 공을 상하게 차 냈다.

퍼어엉!

—이민혁, 길게 패스를 뿌립니다!

헤타페의 수비 뒤 공간으로 침투하는 앙투안 그리즈만을 노린 패스.

이민혁의 패스는 매우 정확했다.

앙투안 그리즈만을 향해 날아갔고, 받기 좋게 떨어져 내렸다.

툭!

그리즈만은 공을 받아 냈다.

빠른 속도로 침투한 그를 막는 선수는 없었고, 앙투안 그리즈만은 강한 왼발 슈팅으로 헤타페의 골대 구석을 노렸다.

퍼엉!

최근 앙투안 그리즈만은 이민혁에게 가르침을 받으며 골 결정력에 대한 자신감이 높아진 상태.

자신감 있게 때려 낸 공은 정확하게 헤타페의 골대 구석을 파고들었다.

철렁!

─들어갔습니다! 우와아아아아아아! 이민혁과 그리즈만이 한 번의 패스와 단 두 번의 터치로 골을 기록합니다!

─이민혁 선수의 롱패스는 소름이 돋을 정도로 정확하네요! 앙투안 그리즈만 선수의 오프 더 볼 움직임과 슈팅도 매우 훌륭했습니다!

─분위기가 바뀌네요! 아틀레티코 마드리드가 단숨에 2골을 기록하며 헤타페와의 경기에서 우위를 가져갑니다!

"민혁! 최고의 패스였어! 타이밍이랑 패스의 궤적이 너무 완벽했다고!"

"그리즈만의 움직임이 너무 좋았죠."

이민혁은 앙투안 그리즈만의 마무리를 칭찬하며, 허공을 향해 시선을 옮겼다.

[직접 가르친 앙투안 그리즈만이 왼발 슈팅으로 정확히 구석을 노려서 골을 기록했습니다.]

[보상으로 경험치가 10% 증가합니다.]

'지금처럼 계속 잘해 주시면 돼요.'

*   *   *

이민혁의 발끝에서 두 개의 골이 만들어지자, 헤타페는 평소보다도 더 거칠게 이민혁의 플레이를 방해하기 시작했다.

삐이이익!

―이민혁이 넘어집니다! 반칙이 선언되네요!
―이민혁을 향한 헤타페의 견제가 대단하네요! 수비수로 뛰는 이민혁이지만, 가만히 너두면 안 되겠다고 느낀 모양입니다.

이민혁은 계속해서 견제를 당했다.
헤타페의 공격수들은 옐로카드를 받더라도 이민혁의 전진을 멈추게 했다.
하지만.

―이민혁, 넘어지지 않습니다! 앙헬이 옷을 잡고 늘어졌는데도 끝까지 버텨 내며 공을 연결했습니다!

이민혁은 좋은 피지컬과 밸런스를 이용해 상대의 거친 플레이를 버텨 냈다.
스트라이커나 윙어로 출전했을 땐 망설임 없이 넘어졌을 상황에서도 넘어지지 않고 버텨 냈다.
'난 오늘 수비수로 출전했어. 내가 넘어졌을 때 반칙이 선언되지 않으면 바로 위기라는 거지. 어지간해선 버티자.'
오늘은 수비수로 출전했다는 것.
그것도 팀의 핵심 수비수인 센터백으로 출전했다는 것.
그 사실에 이민혁은 쉽게 넘어질 수가 없었다.
상대의 반칙성 플레이를 주심이 원만하게 넘어가려 한다면 곧

바로 위기를 맞게 될 테니까.

—이민혁이 호르헤 몰리나의 팔을 뿌리치며 전진합니다! 아! 뒤
에서 호르헤 몰리나가 다리를 걸었… 지만! 이민혁은 넘어지지 않
습니다! 계속 전진하네요! 헤타페, 이민혁을 막아야 할 텐데요?!

적어도 오늘만큼은 이민혁에게 '적당히'는 없었다.
공을 몰고 전진하던 이민혁은 계속해서 동료에게 패스를 할
것처럼 페인팅을 주며 헤타페의 압박을 벗어났다.
더불어 강한 압박엔 강한 피지컬로 맞부딪쳐서 이겨 냈다.

—이민혁이 계속 달립니다! 헤타페가 이민혁의 전진을 막질 못
하고 있어요!

중앙선을 넘어 달려온 지금, 이민혁은 공을 컨트롤하며 몸을
돌렸다.
덤벼드는 헤타페의 미드필더 세르히오 모라를 완벽하게 속인
마르세유 턴이었다.
"막아! 태클이라도 하라고!"
"빨리 반칙으로 끊어! 더 들어오게 하면 위험해!"
"저 녀석이 킬패스를 뿌리게 하면 안 돼!"
헤타페의 선수들은 더욱 급해졌다.
이민혁이 공을 빼앗기질 않자, 이번엔 슬라이딩태클로 전진을
막으려고 했다.

하지만 이들의 생각을 이민혁은 이미 읽고 있었다.

—이민혁이 태클을 피해 냅니다! 예상을 하고 있었다는 움직임 이죠?

—아무리 알고 있었다고 해도 태클을 이렇게나 쉽게 피해 내다 니, 역시 이민혁은 굉장히 민첩하네요!

헤타페의 태클마저도 전부 피해 냈다.

헤타페에겐 최악의 상황이었다.

이민혁에게 덤벼드느라 수비진에 빈틈이 훤히 드러났으니까.

너무나도 잘 보이는 빈틈 중 한 곳을 향해.

이민혁이 패스를 뿌렸다.

[20% 확률로 '예리한 패스' 스킬 효과가 발동됩니다!]

[패스의 정확도가 대폭 상승합니다.]

헤타페의 수비진에 생긴 틈으로 뿌려 낸 패스.

공은 그 틈 사이로 빠르고 정확하게 파고들었다.

그리고.

아틀레티코 마드리드엔 그 패스를 받아 낼 수 있는 공격수가 두 명이나 존재했다.

앙투안 그리즈만.

그리고 디에고 코스타.

─디에고 코스타! 다이렉트로 때립니다! 우오오오! 고오오오오오오올! 디에고 코스타가 이민혁의 패스를 받아 골을 기록합니다!

3 대 0 스코어가 된 이후.
헤타페는 계속해서 골을 노렸지만, 마무리가 되질 않았다.
이민혁 때문이었다.

─이민혁입니다! 이민혁이 머리로 걷어 냅니다! 워낙 점프력과 헤딩 기술이 좋은 이민혁 선수가 수비수로 뛰니까, 공중볼 경합에서 전부 다 이겨 버리네요! 아주 재밌는 장면입니다!

─이민혁의 몸을 날리는 수비! 마우로 아람바리의 회심의 중거리 슈팅을 막아 냅니다! 마우로 아람바리가 굉장히 아쉬워하네요!
─제대로 맞은 슈팅처럼 보였거든요~! 하지만 이민혁이라는 벽을 뚫어 내진 못했습니다!
─오오오오오오! 이민혁, 무시무시한 태클 능력입니다! 프란시스코 포르티요의 드리블이 좋았는데, 그걸 바로 슬라이딩태클로 막아 버리네요!
─이민혁 선수의 수비가 더 놀라운 건 페널티박스 안에서도 자신감을 잃지 않고, 과감하게 태클을 시도한다는 거죠! 이 선수의 자신감은 대체 얼마나 큰 걸까요?
이민혁은 몸을 던지는 걸 망설이지 않았다.
상대의 공격을 막아 낼 수 있다면 과감하게 다리를 뻗었고,

머리를 들이밀었다.

　-대단한 수비입니다! 이민혁이 엄청난 수비를 보여 주며 헤타페에게 단 한 골도 내주지 않고 있습니다!

　이민혁은 수비에서도 빛났지만, 세트피스 상황에서도 좋은 모습을 보여 줬다.

　-아틀레티코 마드리드의 스로인이 선언됩니다. 이민혁이 스로인을 준비하네요? 어? 멀리 날릴 생각인가 본데요? 아틀레티코 마드리드 선수들이 헤타페의 페널티박스 안으로 모여들고 있습니다!

　스로인 상황.
　발이 아닌 팔로 공을 던져야 하는 상황이지만, 이민혁의 얼굴엔 자신감이 드러났다.
　그럴 수밖에 없었다.

[스로인 마스터]
유형: 패시브
효과: 스로인 상황에서 정확하고 강력하게 공을 날릴 수 있습니다.

　210레벨이 되었을 때 얻었던 '스로인 마스터' 스킬.
　이 스킬을 보유한 이민혁은 스로인 상황에서 코너킥에 가까울 정도로 위협적인 장면을 만들어 낼 수 있었으니까.

―이민혁이 공을 강하게 던집니다! 상당히 길게 날아갑니다! 헤타페, 잘 걸어 내야 할 텐데요?!

공은 위협적으로 날아왔지만.
헤타페의 수비진은 당황하지 않고, 머리로 공을 걸어 내는 것에 성공했다.
이민혁의 스로인 능력이 좋다는 것을 이미 알고 있었기에 가능한 대응이었다.
다만, 헤타페에겐 운이 따르지 않았다.
반면에 이민혁에겐 운이 따랐다.

―다코남이 걸어 낸 공이 이민혁에게 날아가네요!

하필이면 걸어 낸 공이 이민혁을 향해 날아갔고.
이민혁은 날아오는 공을 향해 다리를 휘둘렀다.

[20% 확률로 '예리한 슈팅' 스킬 효과가 발동됩니다!]
[슈팅의 정확도가 대폭 상승합니다.]

[상대의 페널티박스 바깥에서 슈팅했습니다!]
['중거리 슈터' 스킬 효과가 발동됩니다!]
[슈팅의 정확도가 대폭 상승합니다.]

측면에서 때려 낸 과감한 중거리 슈팅.

골대와의 거리가 38m 정도로 멀었고, 각도도 매우 좁은 상황에서 나온 슈팅.

그런 슈팅이었음에도, 공은 정확히 반내편 구석을 향해 날카롭게 쏘아졌다.

쒜에에에엑!

강한 파공음이 터져 나왔다.

헤타페의 골키퍼 에밀리아노 마르티네스가 그 즉시 몸을 날렸다.

193㎝의 큰 키를 지닌 에밀리아노 마르티네스가 팔을 쭉 뻗었다. 좋은 반응 속도였고, 훌륭한 움직임이었다.

하지만 그의 표정은 곧 일그러졌다.

'젠장! 무슨 슈팅 궤적이 이렇게 날카로워……?!'

이민혁이 때려 낸 공은 그의 팔이 닿지 않는, 더 깊숙한 곳을 향해 파고들었다.

아무리 손을 뻗어 봐도 닿지 않았고, 에밀리아노 마르티네스는 허탈한 얼굴로 나직이 욕설을 내뱉었다.

"…미친 괴물 같은 놈."

Chapter. 4

　—와… 이건……!
　—허허… 마, 말을 하기가 힘들 정도네요……!

　해설들은 쉽게 말을 이어 가지 못했다.
　두 눈으로 보고도 믿기 힘든 장면을 실시간으로 목격했기 때문이었다.

　—워… 헤타페의 다코남 선수가 걷어 낸 공을 이민혁 선수가 그대로 다이렉트 슈팅으로 연결해서 골을… 기록했습니다……!
　—이런 슈팅이… 나오네요……? 어우……! 엄청난 골입니다. 그것 말고는 할 말이 없을 정도로 대단합니다. 이민혁 선수니까 가능한 골이라고 해도 과언이 아닐 것 같습니다……!

헤타페의 선수들 역시 질려 버렸다는 얼굴로 이민혁을 바라 봤다.

"하… 미치겠다."

"뭐 저런 놈이 다 있어? 적당히 잘해야지……."

"저기서 저렇게 골을 넣어……? 미친놈이구나."

"아… 저 자식 좀 어떻게 해 보라고……."

"저걸 무슨 수로 막냐……."

심지어 한솥밥을 먹는 아틀레티코 마드리드의 선수들조차 황당한 표정으로 고개를 저었다.

"민혁 저 친구는 외계인인지 아닌지, 하루빨리 검사를 해 봐야 해."

"관중들이랑 헤타페 선수들 표정 좀 봐. 그래, 놀랍겠지. 이게 현실에서 벌어지고 있는 일이라는 걸 믿기 어렵겠지. 하지만 걱정들 마. 난 당신들의 마음이 충분히 이해가 된다고. 나는 저 괴물의 말도 안 되는 플레이를 매일 보고 있으니까."

"…리, 저 녀석… 봐도 봐도 어이가 없는 슈팅 능력이야."

"워낙 수준이 다른 친구라… 할 말이 없네."

"허허… 헤타페 녀석들이 불쌍하게 보일 정도야."

"수비수로 출전한 녀석이 2골 2도움을 기록하네. 큭큭……! 어이가 없구만."

"매번 생각하지만, 이민혁이랑 같은 팀이어서 다행이야."

그리고 지금.

이민혁은 씨익 웃으며 허공을 바라봤다.

[퀘스트를 완료하셨습니다!]
[퀘스트 내용: 수비수로 출전해 4개의 공격포인트를 기록하세요.]
[보상으로 경험치가 200% 증가합니다.]

[퀘스트를 완료하셨습니다!]
[퀘스트 내용: 수비수로 출전해 2개의 골을 기록하세요.]
[보상으로 경험치가 100% 증가합니다.]

[퀘스트를 완료하셨습니다!]
[퀘스트 내용: 수비수로 출전해 30m 이상의 거리에서 슈팅을 시
도해 골을 기록하세요.]
[보상으로 경험치가 50% 증가합니다.]

[퀘스트를 완료하셨습⋯⋯.]
⋯⋯.
⋯⋯.

많은 수의 메시지들이 허공을 메웠고.
이어서 레벨업 메시지까지 떠오르기 시작했다.

[레벨이 올랐습니다!]
[레벨이 올랐습니다!]
[레벨이 올랐습니다!]

[레벨이 올랐습니다!]
[레벨이 올랐습니다!]

"대박!"
이민혁이 입꼬리가 더욱 높이 올라갔다.
무려 5개의 레벨이 올라 버렸다.
게다가 오늘 처음 레벨이 오른 것도 아니었다.
방금 터뜨린 골이 나오기 전에도 이미 2개의 레벨이 올랐었고.
오늘 수비수로 출전한 이민혁은 얻은 스탯 포인트를 모두 수비 능력치에 투자했다.
"수비수로 출전해서 공격포인트를 올리니까, 확실히 보상이 훨씬 더 짭짤하네."
한 경기에서 총 7개의 레벨이 오른, 아주 만족스러운 상황.
이민혁은 환하게 웃으며 10개의 스탯 포인트를 전부 사용했다.

[스탯 포인트 5를 사용하셨습니다.]
[수비 능력치가 5 상승합니다.]
[현재 수비 능력치는 109입니다.]

[스탯 포인트 5를 사용하셨습니다.]
[탈압박 능력치가 5 상승합니다.]
[현재 탈압박 능력치는 130입니다.]

                    *   *   *

　이민혁의 활약은 계속 이어졌다.

　─이민혁의 과감한 태클! 하지만 이번엔 반칙이 선언됩니다! 이
민혁은 억울하다는 제스처를 취하고 있는데요, 받아들여지지 않
습니다.
　─비록 반칙이 선언되긴 했지만, 그래도 좋은 판단이었죠.
　─그렇습니다. 프란시스코 포르티요가 침투하게 놔뒀다면 분명
위험했을 상황이었으니까요.

　이민혁은 헤타페가 좋은 기회를 만들려고 할 때마다 끊어 냈
다.
　방금처럼 반칙을 써서라도 상대의 공격을 막아 냈다.
　또한, 역습도 빛났다.
　이민혁의 롱패스 능력은 라리가 내에서도 상위 클래스.
　좌우, 중앙을 가리지 않고 과감하게 뿌려 대는 이민혁의 롱패
스는 헤타페 수비수들의 머릿속을 복잡하게 만들었다.

　─이민혁이 길게 패스를 뿌려 줍니다! 디에고 코스타가 머리로
공을 떨어뜨립니다! 앙헬 코레아가 공을 받습니다! 앙헬 코레아,
측면으로 파고듭니다! 아틀레티코 마드리드가 다시 기회를 만드나
요?

—앙헬 코레아, 깊숙이 침투합니다! 과감한 돌파! 드리블에 자신감을 보이는 선수답습니다!

앙헬 코레아.

아틀레티코 마드리드의 95년생 젊은 윙어인 그는 디에고 시메오네 감독과 관중들에게 보여 주고 싶었다.

자신의 실력이 얼마나 뛰어난지를.

그래서 욕심을 냈다.

측면돌파를 시도해서 성공했고, 더 나아가 직접 골까지 노려볼 생각이었다.

그러나 앙헬 코레아는 계획을 행동으로 옮기지 못했다.

"앙헬!"

저 멀리서 엄청난 속도로 달려오며 자신의 이름을 부르는 이민혁이 보였기 때문이었다.

조금 전만 해도 후방에 위치하던 이민혁이었건만, 어느새 중앙선을 넘어 페널티박스 근처까지 도달하고 있었다.

'에이! 이민혁만 아니었어도 골 욕심을 냈을 텐데⋯⋯!'

다른 선수였다면, 패스를 달라는 말을 무시했을 수도 있겠지만.

이민혁에게 그럴 순 없었다.

앙헬 코레아에게 이민혁은 축구를 가르쳐주는 선생님이자, 존경하는 롤모델이었으니까.

게다가.

달려오는 이민혁의 위치도 너무 좋았다.

투웅!

앙헬 코레아가 몸을 틀며 강하게 공을 차 냈다. 대각선 뒤로 향하는 컷백.

이민혁은 굴러오는 공을 향해 발을 휘둘렀다.

정확한 타이밍에 내려 낸 슈팅이 성쾌한 소음과 함께 헤타페의 골문을 향해 쏘아졌다.

─이민혁! 슈팅!

─고오오오오오오오오올! 우오오오오! 이민혁! 해트트릭을 기록합니다! 센터백으로 출전한 이민혁이 기어코 해트트릭까지 기록합니다!

─이건 정말… 말도 안 됩니다……! 그 어떤 센터백이 이렇게 할 수 있을까요? 아마도 월드클래스라는 수비수들 모두 이민혁 선수의 플레이를 보며 깜짝 놀라고 있을 것 같습니다!

수비수로 출전해서 기록한 해트트릭.

그 말도 안 되는 것을 해낸 이민혁이 팬들을 향해 3개의 손가락을 들어 올렸다.

─아틀레티코 마드리드의 팬들이 열광하고 있습니다! 이민혁 같은 선수가 있으니, 얼마나 기쁠까요!

해설들의 말처럼 팬들은 기뻐했다.

이민혁의 이름을 연신 외쳐 댔고, 이민혁의 이름이 적힌 티셔

츠를 휘둘렀다.

이민혁 역시 기쁜 얼굴로 팬들과 눈앞의 메시지들을 번갈아 가며 바라봤다.

[퀘스트를 완료하셨습니다!]
[퀘스트 내용: 수비수로 출전해 해트트릭을 기록하세요.]
[보상으로 경험치가 300% 증가합니다.]

[퀘스트를 완료하셨습니다!]
[퀘스트 내용: 수비수로 출전해 5개의 공격포인트를 기록하세요.]
[보상으로 경험치가 200% 증가합니다.]

[퀘스트를 완료하셨……]
…….
…….

[레벨이 올랐습니다!]
[레벨이 올랐습니다!]
[레벨이 올랐습니다!]
…….

"장난 아니네. 이러면 수비수로 뛰는 것도 대환영이지!"
6개의 레벨업.
그것을 본 순간 이민혁은 다짐했다.

앞으로 얼마든지 수비수로도 뛰어 주겠다고.

*　　　　*　　　　*

[스탯 포인트 7을 사용하셨습니다.]
[몸싸움 능력치가 7 상승합니다.]
[현재 몸싸움 능력치는 140입니다.]

[스탯 포인트 5를 사용하셨습니다.]
[태클 능력치가 5 상승합니다.]
[현재 태클 능력치는 105입니다.]

스탯 포인트를 모두 사용해 능력치를 올린 지금.
이민혁은 다시 경기에 집중하려 했다.
경기는 아직도 진행 중이었으니까.
그런데.
"어?!"
이민혁의 의도는 실패했다.
경기에 집중할 수가 없었다.
뒤늦게 떠오른 메시지의 내용 때문이었다.

[레벨 350을 달성하셨습니다!]
[스킬이 지급됩니다.]
['천재적인 수비'를 습득하셨습니다.]

"스킬이다!"

이민혁이 소리쳤다.

반사적으로 나온 반응이었다.

"이게 얼마 만에 나온 스킬이야? 이름도 마음에 들고……."

이민혁은 헤벌쭉 웃으며 오랜만에 얻은 스킬의 정보를 띄웠다.

[천재적인 수비]

유형: 패시브

효과: 수비에 관한 이해도와 실력이 급격히 발전합니다.

"수비에 관한 이해도랑 실력이 발전했다고? 이 부분은 확인을 해 봐야 알겠어. 근데 이거, '수비 재능' 스킬이랑 너무 비슷한 것 같은데……."

그렇게 중얼거리며, 이민혁은 이미 보유한 스킬인 '수비 재능'의 정보를 띄웠다.

[수비 재능]

유형: 패시브

효과: 수비 실력이 빠르게 좋아집니다.

"확실히 비슷하긴 해."

레벨이 300이 되었을 때 얻었던 '수비 재능' 스킬.

그것과 레벨이 350이 된 지금 얻은 '천재적인 수비'의 효과는 분명 비슷해 보였다.

그리고, 그 사실을 알게 된 이민혁은 더욱 진한 미소를 지었다.

'그럼 시너지효과를 받을 수 있다는 거잖아?'

'수비 재능' 스킬과 '천재적인 수비' 스킬이 시너지효과를 낼 것이고, 그렇게 되면 지연스레 수비 실력은 크게 상승할 게 분명했다.

이민혁으로선 기분이 좋아질 수밖에 없었다.

"이제 집중하자. 얻은 스킬의 효과를 최대한 활용해 보는 거야."

경기가 종료될 때까지 남은 시간은 10분도 되지 않았고.

수비에 집중한 이민혁과 아틀레티코 마드리드는 헤타페의 공격을 막아 내며 시간을 보냈다.

이민혁은 전반전보다 더 나아진 수비를 보여 주며, 팀의 무실점 승리에 큰 영향을 미쳤다.

반면, 헤타페는 경기가 끝날 때까지 단 하나의 골도 터뜨리지 못했다.

삐이이이익!

라리가에서 가장 거친 팀, 헤타페와의 경기가 종료됐다.

「아틀레티코 마드리드, 헤타페에 5 대 0 승리!」

「축구황제는 공격과 수비 모두 완벽했다! 수비수로 출전했음에도 3골 2도움 기록하고, 뛰어난 태클 실력과 피지컬로 헤타페의 공격을 효과적으로 막아 내!」

「이민혁, 수비 자원 부족한 팀을 위해 수비수로 출전! 완벽한 수비 보여 주며 헤타페의 공격 전부 막아 내!」

「반칙에 시달리면서도 끝까지 페어플레이를 하며 축구황제의 품위를 지킨 이민혁! '상대의 거친 반칙은 심판에게 맡기면 된다. 난 그저 내가 해야 할 일을 할 뿐'이라며 덤덤한 모습 드러내.」

이 경기는 당연히 화제가 됐다.

세계 최고의 스트라이커이자 세계 최고의 윙어인 이민혁이 센터백으로 출전해서 5개의 공격포인트를 기록했다는 것.

그 사실에 전 세계 축구 팬들은 경악할 수밖에 없었다.

└아니, 아무리 이민혁이라도 이건 선을 넘었는데? 센터백 포지션에서도 잘한다고????? 이게 말이 돼????

└도대체 뭐야? 이민혁의 정체가 뭐냐고! 얘 왜 수비가 완벽한 거야? 게다가 후반전엔 더 수준 높은 수비를 보여 줬어. 대체 뭐야?!

└이민혁 모르냐? 이민혁은 경기에 뛰면서도 계속 성장하는 선수야. 그냥 사기적인 재능을 지녔다고.

└세계 최고의 공격수가 월드클래스급 수비까지 장착했다고? 미친!!!! 이런 선수는 이민혁 말고는 들어 본 적도 없어!!!!

└이민혁의 모든 골과 모든 패스가 예술이었어. 오늘 이민혁의 플레이는 환상적이었다고 말하고 싶어.

└동감해. 이민혁은 후방과 전방을 오가며 팀을 이끌었어. 내가 만약 헤타페 선수로 뛰었다면, 금방 포기해 버렸을 거야. 이민혁을 막을 방법도, 뚫을 방법도 생각나지 않거든.

ㄴ정말 놀라워!!!! 이민혁은 역시 축구의 신이었어!!!!

같은 시각.

아틀레티코 마드리드의 선수들은 라커 룸에서 승리한 것에 대한 기쁨을 드리내고 있었다.

이민혁 역시. 많은 레벨이 오른 것과 익숙하지 않은 포지션으로 뛰면서도 경기에서 승리했다는 것에 기뻐했다.

그런데 이때.

한 남자가 이민혁을 향해 다가왔다.

*   *   *

"민혁!"

'…응?'

가까운 곳에서 들린 목소리에 이민혁이 고개를 돌렸다.

"감독님?"

그곳엔 디에고 시메오네 감독이 거의 뛰듯이 다가오고 있었다.

"이 예쁜 자식!"

그는 이민혁을 강하게 끌어안았다.

또한, 속사포처럼 말을 이었다.

"넌 정말 미친놈이야! 윙어로 뛰는 녀석이 스트라이커로도 최고의 경기력을 보여 주지 않나, 이젠 센터백으로도 최고의 경기력을 보여 줬잖아? 난 너 같은 천재를 본 적이 없어! 정말… 정말 대단해!"

"감사합니다."

이민혁은 담백하게 대답했고, 디에고 시메오네 감독은 떨리는 목소리로 정말 하고 싶었던 말을 내뱉었다.

"고맙다. 팀을 위해 희생해 준 것… 정말 고맙다."

"고맙다니요. 당연한 일이었어요. 팀이 있으니까 제가 공격포인트도 기록할 수 있는 거니까요."

그렇게 대화는 끝났다.

이민혁은 머쓱한 표정으로 머리를 긁적였다.

'사실 팀을 위해서 희생한다는 생각은 별로 없었는데…….'

민망했다.

솔직히 팀을 위한 선택은 아니었으니까.

경험치가 많이 오를 것 같다는 생각으로 수비수로 출전한 것이었고.

실제로 많은 경험치를 얻고, 레벨도 아주 많이 오르지 않았던가.

'뭐, 좋게 생각해 주시면 좋은 거니까.'

감독이 고마움을 표현한 이후.

동료들도 이민혁에게 고마운 마음을 격하게 표현했다.

"리! 진심으로 네가 있어서 이길 수 있었어!"

"난 베켄바워가 환생한 줄 알았잖아? 수비도 완벽하게 하면서 5개의 공격포인트까지 기록하다니… 정말 미친 경기력이었어!"

"으하하! 민혁! 네 덕에 이겼다. 근데 네 플레이를 보느라 경기에 집중하기가 힘들더라. 대체 왜 그렇게 잘하는 거야?"

"헤타페 녀석들이 많이 당황하던데? 큭큭! 걔들은 세계 최고의 공격수 이민혁이 수비수로 월드클래스급의 수비를 보여 줄 거라고는 몰랐겠지."

"수비진에서 혼자 드리블하고 나와서 골을 기록한 장면은… 내가 축구를 하면서 봐 왔던 골 중 최고였어."

*   *   *

헤타페전 이후로 이민혁은 계속해서 중앙수비수로 출전했다.

그 결과 팀의 득점력은 떨어졌지만, 수비불안 없이 안정적으로 승리를 가져왔다.

물론 그런 상황에서도 이민혁은 어떻게든 공격포인트를 기록했다.

「아틀레티코 마드리드, SD 에이바르에게 3 대 0으로 승리하며 리그 19연승 이어가!」

「이민혁, 수비수로 출전한 에이바르전에서 2골 1어시스트 기록하며 팀의 승리 이끌어!」

「한층 더 완벽해진 축구황제! 지로나전에서 수비수로 출전해 해트트릭 기록하며 팀의 3 대 0 승리 이끌어!」

「지로나, 이민혁이라는 벽을 단 한 번도 뚫지 못하고 3 대 0 패배! 이민혁, 이대로 수비수로 전향하나?」

「이민혁, 라스팔마스전 가짜 수비수로 뛰며 팀의 7 대 0 대승 이끌어!」

「중앙수비수로 뛰는 척하며 사실상 수비형 미드필더로 뛴 이민혁, 5골 2어시스트 기록하며 강렬한 존재감 드러내!」

「아틀레티코 마드리드, 발렌시아와의 경기에서 4 대 0 승리!」

「중앙수비수로 출전한 이민혁, 세트피스 상황에서 3골 기록!」

아틀레티코 마드리드의 연승.

핵심 수비수인 디에고 고딘이 부상을 입은 상황이지만, 불안한 모습은 전혀 없었다.

이민혁의 활약 덕분이었다.

게다가 화력 역시 점점 더 살아났다.

「아틀레티코 마드리드, 말라가와의 경기에서 6 대 0 승리!」

「이민혁, 센터백으로 출전해서 3골 2어시스트 기록해!」

「라리가를 지배하고 있는 이민혁, 그 누구도 보여 주지 못했던 경악스러운 경기력 펼쳐!」

"완전히 감을 잡았어."

이민혁은 수비수로 뛰면서도 골과 도움을 많이 기록할 방법을 계속해서 찾아 나갔고, 마침내 감을 잡았다.

수비수로 뛰었기 때문인지, 경험치도 많이 얻었다.

당연하게도 레벨도 많이 올랐다.

[이민혁]

레벨: 361

나이: 24세(만 22세)

키: 183㎝

몸무게: 79㎏

주발: 양발

[체력 110], [슈팅 140], [태클 105], [민첩 130]

[패스 100]. [탈압박 130], [드리블 140], [몸싸움 140]

[헤딩 117], [속도 140], [수비 119]

스킬: [예리한 슈팅], [예리한 패스], [축구…….

스탯 포인트: 0

"레벨이 어느새 361이 됐네. 능력치도 많이 높아졌고."

이민혁은 감회가 새롭다는 표정으로 상태 창을 바라봤다.

가장 낮았던 수비 능력치는 이제 119라는 수치를 보여 주고 있었다. 이처럼 높아진 능력치만큼이나 이민혁의 수비도 좋아졌다.

훈련 때 이민혁을 일대일로 이길 수 있는 공격수는 존재하지 않았고, 실전에서도 상대 공격수들은 이민혁을 뚫지 못했다.

이민혁의 수비는 라리가에서만 통하는 게 아니었다.

2018년 2월에 펼쳐진 챔피언스리그 16강.

그곳에서 만난 FC 샤흐타르 도네츠크와의 경기에서도 이민혁의 수비는 빛났다.

「이민혁, 완벽한 수비와 완벽한 역습 보여 주며 챔피언스리그 16강 1차전에서 팀의 승리 이끌어!」

「샤흐타르 도네츠크도 이민혁에게 완벽하게 당했다! 챔피언스리그에서도 빛난 이민혁의 수비!」

「강력한 경기력 보여 주며 챔피언스리그 16강 진출한 샤흐타르 도네츠크, 이민혁의 앞에선 아무것도 하지 못했다.」

「이민혁, 샤흐타르 도네츠크와의 경기에서 11개의 태클 성공시키며 완벽한 수비 선보여!」

샤흐타르 도네츠크와의 2차전도 다를 게 없었다.

이민혁은 라리가에서 모든 경기에 선발로 출전할 정도로 바쁜 일정을 소화하면서도, 또다시 좋은 경기력을 보여 줬다.

「이민혁, 챔피언스리그 16강 2차전에서 수비수로 뛰면서 1골 5어시스트 기록!」

「아틀레티코 마드리드, 챔피언스리그 16강 2차전에서도 샤흐타르 도네츠크에게 승리하며 챔피언스리그 8강 진출!」

「이민혁, 믿을 수 없는 경기력 보여 주며 샤흐타르 도네츠크의 팬들을 충격에 빠뜨려.」

이민혁이 보여 주는 경기력은 보고도 믿기 힘든 수준이었다.

지금까지 이민혁과 비슷한 수준의 경기력을 보여 준 선수는 존재하지 않았으니까.

더불어 수비수로 출전해서 이토록 많은 공격포인트를 기록하는 선수도 없었으니까.

때문에, 이토록 미친 경기력을 보여 주고 있는 선수가 축구황제 이민혁이었음에도.

진 세계 축구 팬들은 놀라움을 드러냈다.

└젠장! 내가 대체 뭘 본 거야? 이민혁은 혼자서 다른 스포츠를 하고 있잖아? 한 명의 선수가 이렇게나 큰 영향력 보여 줄 수 있는 거였어? 아무리 이민혁이라도 이건…….

└이민혁이 수비수의 개념을 완전히 바꿔 놨어.

└이민혁은 그냥 다른 차원에 있는 선수가 되어 버렸어. 이민혁은 역사상 최고의 공격수고, 역사상 최고의 수비수야.

└이민혁은 세트피스에서 강하니까, 어떻게든 골을 만드네. 역시 대단해.

└아틀레티코 마드리드가 너무 부러워!!!! 이민혁을 보유한 팀은 무조건 우승하는 거잖아!

└와… 이민혁이 있는 아틀레티코 마드리드를 누가 이길 수 있을까? 다른 선수들이 못하면 모를까, 그것도 아니잖아?

└아니, 어떻게 수비 실력이 저렇게까지 좋아진 거야? 노오오오오력? 그딴 소리 하지 마. 이민혁은 그냥 재능이 말도 안 되게 대단한 거라고! 그게 아니고선 이건 말도 안 돼!

└너무 놀라워… 팀의 핵심 수비수들이 부상당하자, 직접 수비수로 뛴다? 그러다 보니 수비 실력이 늘고 결국 세계 최고의 수비수가 되었다……? 뭐 이런 선수가 다 있지? 영화나 게임에도 이런

선수는 안 나오겠다.

ㄴ우린 그냥 역사상 최고의 선수 플레이를 감사한 마음으로 감상하면 되는 거야. 난 너무 행복해. 이민혁의 플레이를 직접 볼 수 있잖아?

전 세계 축구 팬들의 대부분은 아틀레티코 마드리드가 절대 지지 않을 것 같은 기세를 보여 주고 있다고 말했다.

이민혁이 없다면 모를까, 이민혁이 있는 아틀레티코 마드리드는 라리가와 챔피언스리그에서 우승할 거라고 말했다.

그러나 이에 동의하지 않는 축구 팬들도 많았다.

그들은 챔피언스리그 8강에서 아틀레티코 마드리드와 만나게 될 FC 바르셀로나의 팬들이었다.

ㄴ요즘 아틀레티코 마드리드의 기세가 무섭긴 하지만, FC 바르셀로나라면 충분히 아틀레티코 마드리드를 이길 수 있어.

ㄴ이민혁이 말도 안 되는 경기력을 보여 주고 있긴 하지만, 어찌됐건 이민혁은 전문 수비수가 아니잖아? 걔는 바르셀로나의 티키타카를 못 막을 거야.

ㄴ이민혁이라도 바르셀로나의 공격을 막긴 어렵지. 윙어나 스트라이커로 뛰는 이민혁은 확실히 무섭지만, 수비수라면 충분히 바르셀로나가 이길 만해.

ㄴ이민혁이 리오넬 메시, 이니에스타, 루이스 수아레스를 막을 수 있을까? 난 막지 못할 거라고 봐.

ㄴ아무리 수비를 잘해도 메시는 못 막지. 아틀레티코 마드리드

는 FC 바르셀로나에게 무너질 거야.

이처럼 바르셀로나의 팬들은 희망적인 모습을 보였고.

시간은 빠르게 흘러 챔피언스리그 8강전이 펼쳐질 날이 다가왔다.

「아틀레티코 마드리드 vs FC 바르셀로나, 챔피언스리그 8강전에서 맞붙는다!」

「챔피언스리그 4강에 올라갈 팀과 라리가 최강팀을 가리는 경기가 곧 펼쳐진다.」

「수비수로서도 경이로운 모습 보여 주고 있는 이민혁, FC 바르셀로나를 상대로도 좋은 수비 보여 줄 수 있을까?」

*   *   *

FC 바르셀로나.

라리가 최고의 팀 중 하나이자, 세계 최고의 팀 중 하나라고 평가받는 팀이고.

전 세계에서 가장 빠르고 정확한 패스 축구를 하는 팀이었다.

아주 어려울 수 있는 상대.

그런 상대를 만나게 된 지금.

이민혁은 환하게 웃었다.

"아~ 재밌겠다."

재밌는 상대를 만났다는 즐거움과.

"경험치도 많이 주겠네."

많은 경험치를 얻게 될 거라는 즐거움.

"빨리 시작했으면 좋겠다."

이민혁이 느끼는 감정은 오직 그것뿐이었다.

그래서일까?

"오늘 좋은 경기 해요~!"

이민혁은 미소를 머금은 얼굴로 FC 바르셀로나의 선수들과 악수를 나눴다.

그리고.

이런 이민혁의 행동은 FC 바르셀로나 선수들에겐 커다란 위화감을 안겨 줬다.

'뭐야? 전혀 긴장하지 않고 있잖아? 우리를 쉽게 이길 수 있다고 생각하는 건가⋯⋯?'

'챔피언스리그 8강이고, 우리를 만났는데 어떻게 웃을 수가 있지⋯⋯? 세계 최고의 선수이기에 나오는 자신감인가⋯⋯?'

'웃는다고⋯⋯? 대단한 자신감이네⋯⋯.'

'저 자식 뭐야⋯⋯?'

'왜 웃는 거지? 뭘 준비해 왔길래⋯⋯?'

챔피언스리그가 주는 긴장감은 클 수밖에 없건만, 이민혁은 전혀 긴장한 모습을 보이지 않았다.

심지어 리오넬 메시마저도 딱딱하게 굳은 얼굴로 긴장감을 드러내고 있지 않은가.

이처럼 FC 바르셀로나의 선수들은 경기가 시작되기 전부터 강한 위화감과 긴장감을 동시에 느끼기 시작했다.

반면, 아틀레티코 마드리드 선수들의 얼굴은 평온했다.

이민혁만큼은 아니었지만, 이들이 느끼고 있는 긴장감은 적었다.

당연한 일이었다.

'이민혁이 있는데 이렇게 지겠어? 절내 안 시시.'

'바르셀로나 애들이 얼마나 큰 충격을 받을까?'

'바르셀로나 녀석들이 불쌍하네. 이민혁의 수비를 직접 경험하면 평생 남을 트라우마가 생길 수도 있는데.'

'이민혁이 오늘은 얼마나 놀라운 모습을 보여 주려나?'

'오늘은 바르셀로나가 무너지는 날이 되겠군.'

이민혁의 존재감이 아틀레티코 마드리드의 선수들에게 강한 자신감을 안겨 주고 있었으니까.

*　　　　*　　　　*

─FC 바르셀로나와 아틀레티코 마드리드가 챔피언스리그 8강전에서 만났습니다! 현재 라리가 최고의 팀들이 만난 경기이기에 더욱 기대됩니다!

─우리 이민혁 선수는 오늘도 수비수로 출전을 했네요?

─예, 맞습니다. 최근 리그에서 그랬던 것처럼 센터백으로 출전했죠. 물론 이민혁 선수가 가장 좋은 컨디션을 보여 주는 포지션은 윙어나 스트라이커지만, 수비수로서도 대단한 활약을 보여 주고 있습니다.

─이민혁 선수를 두고 수비 실력도 월드클래스라는 말이 나오

고 있고, 심지어 최근엔 그 이상의 클래스라는 평가까지 받고 있습니다. 단순히 월드클래스 수비수라고 하기엔 이민혁 선수는 골과 도움까지 많이 기록하고 있거든요.

—그 부분이 놀라운 점입니다. 이민혁 선수는 센터백으로 출전하고 있으면서도 아틀레티코 마드리드의 공격포인트 대부분을 도맡고 있는 모습을 보여 주고 있으니까요.

—과연 이민혁 선수가 오늘은 어떤 모습을 보여 줄 것인지! 경기는 이제 곧 시작됩니다!

해설들이 곧 펼쳐질 경기에 기대감을 드러낼 때.

오늘 가장 많은 관심을 받는 이민혁은 상대 선수들을 훑어보고 있었다.

"챔피언스리그 8강전이어서 그런가? 아니면 아틀레티코 마드리드가 최근에 잘나가서 그런 건가? 바르셀로나 선수들답지 않게 긴장을 많이 한 것 같네."

이민혁의 눈엔 보였다.

FC 바르셀로나 선수들이 긴장하고 있다는 것이.

그래서 지금.

"저렇게 긴장을 하면……."

이민혁은 웃었다.

"조금 놀라게 해 줄 필요가 있지."

재밌는 생각이 났기 때문이었다.

삐이이이익!

경기 시작을 알리는 휘슬 소리.

그 소리와 함께 이민혁이 움직였다.

앙투안 그리즈만이 뛰보 공을 놀립니다. 코케가 공을 받습니다.

디에고 코스타가 앙투안 그리즈만에게 공을 넘기고, 코케가 공을 받을 때.

이민혁은 전진했다.

아주 빠른 속도로.

센터백으로 출전했기에 후방에 있었지만, 워낙 스피드가 빠른 이민혁이었기에 중앙선에 도달하는 시간은 매우 짧았다.

그리고.

코케는 기다렸다는 듯 이민혁에게 공을 밀어 줬다.

경기장의 중앙.

골대와는 아주 먼 위치.

그것에서 코케가 밀어 준 공을 향해 이민혁이 다리를 휘둘렀다.

이어서 발등으로 공을 때려 냈다.

아주 강하게, 정확한 임팩트를 주면서.

[20% 확률로 '예리한 슈팅' 스킬 효과가 발동됩니다!]

[슈팅의 정확도가 대폭 상승합니다.]

[상대의 페널티박스 바깥에서 슈팅했습니다!]
['중거리 슈터' 스킬 효과가 발동됩니다!]
[슈팅의 정확도가 대폭 상승합니다.]

        *   *   *

바르셀로나의 골키퍼 테어 슈테겐.

그는 경기 시작과 동시에 앞으로 걸어 나갔다. 동료들과 상대 선수들의 움직임을 더욱 잘 살피기 위해서 하는, 그저 습관과도 같은 것이었다. 아무런 문제도 일으키지 않았던 작은 습관.

그런데.

그 습관이 문제를 만들었다.

─슈, 슈팅입니다!

─어어? 이걸 때리나요?!

이민혁이 중앙선에서 기습적으로 때려 낸 슈팅.

테어 슈테겐으로선 갑작스러운 일이었다.

"뭐야?!"

당황한 그는 재빨리 몸을 돌려 골문을 향해 달렸다. 달리던 도중 날아오는 공의 궤적을 확인하니, 등골이 오싹해졌다.

공은 낮은 포물선을 그리며 빠른 속도로 골대 안을 향해 날아오고 있었다.

"저, 저 미친놈!"

욕설을 내뱉으며, 테어 슈테겐이 땅을 박찼다.

이제는 타이밍을 잡아야 할 때였고, 그는 몸을 날려서 팔을 뻗었다. 날아오는 공을 어떻게든 손으로 쳐 내야만 했다.

'이렇게 허무하게 골을 먹힐 수는 없어!'

테어 슈테겐.

그는 바르셀로나의 주전 골키퍼였고, 세계 최고의 골키퍼 중 하나라고 평가받는 남자였다.

비록 작은 습관으로 문제를 만들어 냈지만, 빠른 반응속도와 특유의 민첩성으로 날아오는 공을 쳐 냈다.

톡!

손끝에 간신히 닿은 공은 조금이지만 궤적이 바뀌었다.

골대 안으로 빨려 들어갈 것 같던 공이 위로 떴다.

터어엉!

골대에 맞은 공이 높게 떠올랐고, 그대로 아웃이 됐다.

—오오오오! 이게 골대에 맞네요! 테어 슈테겐의 슈퍼세이브입니다! 이민혁 선수의 기습적인 장거리 슈팅을 테어 슈테겐이 막아 냈습니다! 테어 슈테겐! 팀을 구해 내네요!

슈퍼세이브였다.

완전히 골이 될 뻔한 상황에서 팀을 구해낸 슈퍼세이브.

그러나.

테어 슈테겐은 웃을 수 없었다.

"후우… 다행이다."

그저 안도의 한숨을 내쉴 뿐.

다른 바르셀로나 선수들 역시 마찬가지였다.

"깜짝이야……!"

"…미친 저 거리에서 저런 슈팅을 때린다고……?"

"이민혁 저 괴물 같은 놈……."

"아… 놀래라……."

이들 모두 좋아하지 못했다.

그저 팔에 돋은 닭살을 쓰다듬을 뿐이었다.

그리고.

말도 안 되는 슈팅을 때려 낸 이민혁은 씨익 웃으며 만족감을 드러냈다.

"조금 놀랐을 거야. 골이 됐으면 더 놀라게 할 수 있었겠지만, 역시 테어 슈테겐은 만만치 않네."

아쉬움은 크지 않았다.

애초에 이민혁이 원했던 상황은 충분히 만들어졌으니까.

"이제부터는 내가 슈팅 페인팅만 넣어 줘도 다급하게 덤벼들 수밖에 없고, 전진하는 것만으로도 부담을 느낄 거야."

이민혁의 생각은 틀리지 않았다.

센터백으로 출전했지만, 과감하게 전진해 팀의 빌드업을 이끌었다.

이에 바르셀로나 선수들은 과하게 반응했다.

─라키티치가 반칙으로 이민혁의 전진을 끊어 냅니다! 오… 카드가 나오네요!

　─방금은 그렇게 위험한 상황이 아니었던 것 같은데요? 라키티치 선수가 필요하지 않았던 반칙으로 옐로카드를 받았습니다.

"이게 왜 카드예요? 너무 과하잖아요!"

라키티치가 억울하다는 얼굴로 주심에게 항의했다.

하지만 주심은 라키티치를 바라보며 단호하게 말했다.

"태클이 거칠었어."

"……"

이에 라키티치가 입을 다물었다.

솔직히 할 말이 없었다. 중앙선을 조금 넘은 위치였다.

굳이 반칙으로 끊을 필요가 없는 상황이었음에도 이민혁의 전진에 부담감을 느껴서 태클을 해 버렸다.

'침착하자. 이민혁한테 위축되면 안 돼. 내 플레이를 하자.'

라키티치는 입술을 깨물며 다짐했다.

방금 같은 실수를 다신 하지 않겠다고.

　─이민혁이 프리킥을 준비합니다. 골대와의 거리가 매우 멀기 때문에 동료들의 머리를 노릴 것 같은데요?

　─맞습니다. 아무래도 헤딩 능력이 좋은 디에고 코스타 선수의 머리를 노릴 가능성이 높습니다.

이민혁은 조용히 프리킥을 준비했다.

마음 같아선 프리킥을 차는 게 아니라 저 앞에 나가서 공중볼 경합을 하고 싶었다. 현재의 이민혁은 공중볼을 따내는 것에 큰 자신감이 있었으니까.

하지만 그렇게 할 수 없었다.

'수비수니까 참아야지.'

수비수이기 때문에 역습을 대비해야 했다.

그래서.

이민혁은 눈앞에 있는 공에 집중했다.

그의 역할을 공을 차서 동료들의 머리로 보내는 것.

그러려면 정확한 킥을 구사해야 했다.

퍼어엉!

집중력을 끌어올려서 찬 공이 빠르게 날아갔다.

이어서 급격히 힘을 잃고 떨어져 내렸다.

의도적으로 공에 회전을 줘서 만들어 낸 움직임이었다.

그 공을 향해.

디에고 코스타가 머리를 가져다 댔다.

─디에고 코스타! 헤디이이이잉!

방향을 바꾸는 노련한 헤딩 슈팅.

디에고 코스타는 세계적인 수준의 스트라이커답게 그걸 해냈고.

공은 테어 슈테겐을 넘어 바르셀로나의 골대 안으로 빨려 들어갔다.

―고오오오오오오오오올! 들어갔습니다! 디에고 코스타! 자신의 가치를 바르셀로나전에 증명합니다!

디에고 코스타의 골이 터진 시점.
경기장에 있던 관중들의 눈이 커졌다. 동시에 실시간 라이브로 경기를 시청하던 아틀레티코 마드리드의 팬들조차 깜짝 놀라버렸다.

―디에고 코스타가 이민혁을 향해 달려가네요!
―디에고 코스타가… 이민혁에게 안깁니다! 이민혁도 디에고 코스타의 골에 기뻐하고 있습니다!

인성이 좋지 않기로 유명하고, 경기장에서 매우 거친 플레이를 하는 것으로 많은 비난을 받는 디에고 코스타가.
아이처럼 웃으며 이민혁에게 달려가 안기는 장면은 모두를 놀라게 하기에 충분했다.

ㄴ뭐야……? 디에고 코스타에게 저런 면이 있었어……? 패스를 해 준 사람이 이민혁이어서 그런가?
ㄴ우리 아버지가 아틀레티코 마드리드의 관계자라서 들었던 적이 있는데, 디에고 코스타가 이민혁을 엄청 존경한대. 실제로 훈련 때도 이민혁에게 엄청 많이 질문한다더라. 이민혁은 친절하게 다 알려 주는 편이고.

ㄴ저 디에고 코스타가 존경하는 남자라… 이민혁은 도대체 얼마나 대단한 거야?

ㄴ얼마나 대단한지는 이민혁의 경기 하나만 봐도 알 수 있지 않나? 그리고 지금의 아틀레티코 마드리드의 경기와 이민혁이 오기 전의 아틀레티코 마드리드의 경기를 보고 비교해 봐. 이민혁이 온 이후로 아틀레티코 마드리드는 아예 다른 팀이 됐어. 말도 안 되게 강해졌지.

ㄴ이민혁 온 이후로 연승 이어 가는 거 보면 알잖아. 그나저나 디에고 코스타가 저렇게 달려가서 아이처럼 웃는 모습은 참 어색하네. 팀 내에서 이민혁의 위상이 얼마나 큰 걸까?

ㄴ아틀레티코 마드리드 선수들이 이민혁을 선생님이라고 부르기도 한다더라. 모든 훈련이 끝나면 선수들 대부분이 이민혁에게 축구를 배운대.

ㄴ라리가 최고의 팀 중 하나인 아틀레티코 마드리드의 선수들이 동료 선수에게 축구를 배운다고? 크하하하! 말도 안 되는 개소리라고 하고 싶지만, 그 선생이 이민혁이라면 충분히 말이 되지. 이민혁은 축구의 신이니까. 저기 디에고 코스타를 봐. 저 성질 더러운 녀석이 선생님에게 칭찬받으려는 어린애처럼 굴잖아.

ㄴ이런 장면은 놀랍긴 하네. 이민혁이 더 멋있게 보여.

비록 주장 완장은 차고 있지 않았지만.

이민혁은 이미 팀의 실질적 리더였다.

모두가 이민혁을 좋아하고, 존경하고, 따랐다.

그리고.

실질적 리더답게, 이민혁은 완벽한 플레이로 팀을 이끌었다.

―이민혁! 정확한 롱패스로 측면으로 공을 연결합니다! 패스 정확도가 엄청나네요!

정확도 높은 패스 능력으로 꾸준히 적재적소에 공을 보내 줬고.

―이민혁, 공을 몰고 전진합니다! 바르셀로나 선수들을 끌어내리려는 플레이죠! 이러면 바르셀로나로선 알고도 당할 수밖에 없습니다! 공을 잡은 선수가 이민혁이거든요! 이 선수의 발끝에선 언제든지 강력한 슈팅과 정확한 패스가 나올 수 있습니다!

바르셀로나 선수들을 계속해서 끌어들이며 체력을 소모시키고, 동료들의 부담을 덜어 줬다.
더불어 직접 공을 몰고 화려한 돌파를 하며 바르셀로나의 수비진을 흔들기까지 했다.
지금도 그랬다.

―어어? 이민혁! 어디까지 전진할 생각일까요? 벌써 2명을 제쳤습니다! 센터백으로 출전한 이민혁이 아주 먼 거리를 엄청난 속도로 드리블하고 있습니다!
―오오! 이민혁이 움티티까지 제쳐 냅니다! 이 선수를 막을 수가 없습니다!

툭! 툭!

움티티까지 가볍게 제쳐 낸 이민혁은 슈팅을 하는 척, 다리를 휘두르며 한 차례 몸을 접었다.

그 즉시 제라르 피케의 몸이 눈앞을 스쳐 지나갔다.

좌아아악!

제라르 피케는 이민혁의 슈팅 타이밍에 맞춰서 슬라이딩태클을 한 것이었고.

완벽하게 속아 버린 것이었다.

"속았지?"

이민혁은 씨익 웃으며 왼발을 휘둘렀다.

이번엔 테어 슈테겐이 각도를 좁히며 몸을 날리는 게 보였다.

월드클래스 골키퍼다운 훌륭한 움직임이었다.

하지만.

"또 속았네?"

이번에도 가짜였다.

툭!

이민혁은 슈팅이 아닌, 왼발로 공을 툭 치며 움직였다. 테어 슈테겐은 그대로 중심을 잃고 엉덩방아를 찧었다.

그제야 이민혁이 슈팅을 했다.

강하지 않은, 아주 부드럽게 공을 찍어 차는 칩숏.

투웅!

공은 부드러운 궤적을 그리며 넘어진 테어 슈테겐의 위로 날아갔다.

이어서 아무런 방해 없이 바르셀로나의 골 망을 흔들었다.

＊　　　　＊　　　　＊

"너네 뭐 하냐고! 이렇게 쉽게 뚫리면 어쩌사는 거야?"

경기장에 고함이 터져 나왔다.

FC 바르셀로나의 주전 센터백 제라르 피케에게서 나온 고함이었다.

그는 고함을 친 이후에도 짜증이 잔뜩 난 얼굴로 동료들을 향해 각종 피드백을 쏟아 냈다.

하지만.

"…짜증 나네."

속이 시원하지는 않았다.

오히려 꽉 막힌 기분이었다.

그럴 수밖에 없었다.

"이민혁 저 자식을 어떻게 막아야 하지……?"

제라르 피케 역시 이민혁에게 뚫려 버린 선수 중 하나였으니까.

축구황제를 막을 방법이 도저히 떠오르지 않았으니까.

─경기가 재개됩니다! 전반전에만 벌써 2개의 골을 허용한 바르셀로나로서는 급해질 수밖에 없겠는데요?

─맞습니다. 바르셀로나 역시 라리가 최고의 팀 중 하나답게 자존심이 상당히 강할 겁니다. 게다가 이 경기는 챔피언스리그 4강

을 두고 펼쳐지는 경기이지 않습니까? 바르셀로나는 어떻게든 골을 넣으려고 할 겁니다.

─바르셀로나의 팬들은 리오넬 메시가 더 활약해 주길 바라고 있을 것 같습니다.

─리오넬 메시뿐만 아니라 이니에스타와 루이스 수아레스에게도 많은 기대가 쏠려 있을 겁니다. 바르셀로나는 이 선수들이 살아나야 힘을 발휘하거든요.

바르셀로나 선수들은 경기에서 이기는 방법을 알고 있었다.

중원에서 점유율을 높게 가져가고, 공격진에선 특유의 복잡한 패턴과 빠른 패스를 이용해 아틀레티코 마드리드의 수비를 뚫어 내야 했다.

하지만 알면서도 어려웠다.

─이민혁의 컷팅! 수아레스에게 보내려던 이니에스타의 패스를 끊어 냈습니다! 이민혁의 온몸을 날리는 수비!

─이민혁의 예측력은 경이롭네요~! 이니에스타의 패스 경로를 정확히 예상하고 슬라이딩태클로 끊어 냈습니다!

─아~! 이러면 바르셀로나로서는 답답해지는데요!

센터백이면서도 자꾸만 수비형 미드필더처럼 튀어나와서 공격을 방해하는 이민혁 때문이었다.

"또 이민혁이야?"

"아오! 저 자식 좀 어떻게 해 봐!"

"이민혁 쟨 왜 저렇게 개처럼 뛰어다니는 거야? 대체 왜 안 지치냐고?!"

"저놈만 없었으면 이미 2골은 넣었을 것 같은데……."

"이니에스타의 패스를 저렇게 끊어 내다니… 말도 안 돼."

비르셀로니의 답답힘은 진빈진 내내 이어졌나.

반면, 아틀레티코 마드리드의 공격은 효과적이었다.

─이민혁이 전방으로 길게 패스를 뿌립니다! 앙투안 그리즈만이 받습니다! 패스가 너무 정확합니다! 앙투안 그리즈만! 슈티이잉! 아! 이게 빗나가요! 그리즈만이 아쉬움에 고개를 들지 못하고 있습니다!

─비록 골로 연결되진 않았지만, 이민혁의 롱패스는 정말 레이저 같네요! 무서울 정도로 정확도가 높습니다!

전방에선 앙투안 그리즈만과 디에고 코스타가 오프사이드를 피해 파고들고, 후방에서 이민혁이 롱패스를 뿌려 주는 패턴.

이 패턴은 계속해서 바르셀로나의 수비진을 힘들게 만들었다.

뻔한 패턴이었지만, 그리즈만과 디에고 코스타의 타이밍과 움직임이 날카로웠고.

이민혁의 패스 타이밍과 정확도가 훌륭했기에 가능한 일이었다.

삐이이익!

―반칙입니다! 제라르 피케가 뒤로 빠져나가려던 디에고 코스타의 다리를 걸었어요! 이러면… 카드가 나올 수도 있겠는데요? 아, 카드가 나오지는 않네요. 오늘 여러모로 관대한 모습을 보여 주는 주심입니다.

―방금도 이민혁과의 호흡이었죠? 이민혁이 패스를 뿌린 순간, 디에고 코스타의 침투 타이밍이 굉장히 좋았습니다.

―좋은 기회를 피케의 반칙으로 놓치게 됐지만, 그래도 아틀레티코 마드리드로서는 기분이 나빠진 않죠. 프리킥을 얻었거든요.

―맞습니다. 이민혁 선수의 프리킥은 항상 상대에게 아주 큰 위협을 주니까요.

이민혁이 천천히 걸었다.

프리킥을 직접 차기 위해서 걷는 그의 모습에 바르셀로나의 팬들은 긴장한 얼굴로 마른침을 삼켰다.

"이민혁은 포스가 무슨… 어우!"

"망했어… 이민혁 저놈, 프리킥 엄청 잘 차잖아……."

"잘 차는 수준이 아니야. 5번 차면 3번은 넣던데?"

"미친! 그냥 프리킥 기계네?"

"그러니까 축구황제지. 아마 이민혁한텐 프리킥이 페널티킥처럼 느껴질걸?"

이처럼 바르셀로나의 팬들이 긴장하며 이민혁을 바라봤고.

아틀레티코 마드리드의 선수들은 벌써 골이라도 넣은 것처럼, 상기된 얼굴로 이민혁의 움직임을 주시했다.

그리고.

"위치가 괜찮네. 각도도 이 정도면 좋고, 수비벽을 잘 넘기기만 하면 되겠어."

모든 파악을 끝낸 이민혁은 공을 앞에 둔 채, 뒷걸음질을 쳤다.

삐익!

심판이 휘슬을 불었다.
프리킥을 차야 하는 타이밍.
"후우……!"
이민혁은 늘 하던 것처럼 심호흡을 하고, 연습하던 그대로의 보폭과 속도를 유지하며 공을 향해 움직였다.
휘익!
터질 듯한 근육을 지닌 다리가 휘둘러졌고.
퍼어엉!
발의 안쪽으로 공을 차 냈다.
강하면서도 정확하게 차 낸 슈팅.
동시에 메시지가 떠올랐다.

[상대의 페널티박스 바깥에서 슈팅했습니다!]
['중거리 슈터' 스킬 효과가 발동됩니다!]
[슈팅의 정확도가 대폭 상승합니다.]

비록 '예리한 슈팅' 스킬은 발동되지 않았지만.

이민혁은 전혀 신경 쓰지 않았다.

'프리킥 연습은 충분히 되어 있으니까.'

공을 원하는 곳에 때려 넣는 건 이민혁에게 숨 쉬는 것처럼 자연스러운 일이 되어 버렸으니까.

스킬이 발동되지 않아도 골을 넣을 수 있다는 자신감이 있었으니까.

*　　　*　　　*

철렁!

―고오오오오오올! 또 이민혁입니다!

―이래서 아틀레티코 마드리드에게 프리킥을 주면 안 되죠! 이민혁이 역대 가장 높은 프리킥 성공률을 보유한 선수라는 것을 항상 생각하고 있어야 합니다!

FC 바르셀로나의 골 망이 흔들렸다.

벌써 세 번째였다.

테어 슈테겐 골키퍼는 붉게 달아오른 얼굴로 공을 강하게 걷어차며 화풀이를 했고.

바르셀로나의 다른 선수들은 짜증스러운 얼굴로 한숨을 내쉬었다.

―후반전이 시작됩니다!

후반전에 접어들면서 양 팀의 경기 운영은 달라졌다.

아틀레티코 마드리드는 수비적인 운영을 펼치며 바르셀로나를 더욱 급하게 만들었다.

바르셀로나는 마음은 급하지만 쉽게 과감한 공격을 펼치지 못했다.

이민혁의 롱패스를 경계하기 때문이었다.

─바르셀로나가 이토록 위축된 모습을 보였던 적이 있었나요? 상당히 충격적인 모습인데요?

─아틀레티코 마드리드가 수비에만 집중하고 있는데도 바르셀로나가 공격을 제대로 하지 못하고 있네요. 아무래도 아틀레티코 마드리드의 역습에 두려움을 느끼고 있는 것 같습니다!

이민혁에겐 보였다.

바르셀로나 선수들의 얼굴에 드러난 두려움이.

저들은 불안해하고 있었다.

심리적으로 위축됐기에, 과감하게 공격을 해서 최대한 빠르게 한 개의 골이라도 넣어야 한다는 것을 망각했다.

"에이, 이러면 재미없는데."

이민혁이 씁쓸하게 웃었다.

바르셀로나답게 강력한 축구를 해 주길 바랐다. 그래야 더 재밌으니까.

그래서 이민혁은 저들에게 충격을 주기 위해 움직였다.

"정신 좀 차리게 해 줘야겠어."

—이민혁이 공을 몰고 전진합니다! 바르셀로나가 위축돼서 제대로 압박을 펼치지 않기 때문인지, 이민혁이 더욱 전진해서 패스를 뿌려 줄 생각인 것 같습니다.

—어어? 이민혁이 계속 전진하네요? 패스할 생각이 없어 보입니다……?

이민혁은 공을 컨트롤하며 계속 전진했다.

적당한 스피드를 유지한 채, 상대가 덤벼드는 것을 보며 움직였다. 비록 위축되었다고는 하지만, 상대는 바르셀로나였다.

바르셀로나의 선수들은 이민혁이 무얼 하려는 것인지 빠르게 눈치챘다.

"막아!"

"이민혁이 더 못 들어오게 끊어 내!"

"어떻게든 방해해!"

바르셀로나 선수들은 다급하게 소리치며 이민혁을 막아섰다.

태클을 하고, 어깨를 부딪쳤다.

그러나.

이민혁은 침착한 움직임으로 압박을 전부 이겨 냈다.

—이민혁이 어렵지 않게 2명을 제쳐 냅니다! 드리블이면 드리블, 몸싸움이면 몸싸움! 모든 부분에서 압도적입니다!

—부스케츠 선수의 태클이 상당히 날카로웠거든요? 그런데도

이민혁은 굉장히 민첩하게 반응해서 피해 냈습니다! 이야… 이런 게 어떻게 가능하죠?

　—허허! 그러니까 축구황제라는 말을 들을 수 있겠죠.

센디백으로 출진한 이민혁이 2명의 신수를 제치고 중앙선을 넘자, 바르셀로나 선수들은 더욱 다급하게 덤벼들었다.

"더 가까이 들어오기 전에 반칙으로 끊어!"

"저기서 더 들어오면 프리킥 때문에 반칙도 못 해! 빨리 막아!"

바르셀로나는 급하게 움직이면서도 좋은 판단을 내렸다.

이민혁을 반칙으로 끊으려면 최대한 골대와 먼 곳에서 반칙을 써야 했다.

그래야만 이민혁에게 직접 프리킥 기회를 내주는 걸 막을 수 있으니까.

하지만 이민혁은 저들의 심리를 전부 꿰뚫고 있었다.

투욱! 타닷!

이민혁이 측면으로 방향을 틀며 급격히 속도를 높였다.

적당한 속도로 움직이던 이민혁이 폭발적인 스피드를 내자, 덤벼들려던 바르셀로나 선수들은 반응하지 못했다.

　—굉장히 빠릅니다! 바르셀로나 선수들이 이민혁의 속도를 쫓지 못하고 있습니다!

작은 공간도 이민혁에겐 충분했다.

양발을 자유자재로 쓰며 드리블하는 이민혁은 좌우로 방향을 바꾸고, 속도를 컨트롤하며 바르셀로나의 오른쪽 측면으로 파고들었다.

어찌 보면 개인플레이로 보일 수 있는 이민혁의 움직임이었지만.

아틀레티코 마드리드 선수들은 그 누구도 불만을 갖지 않았다. 그저 이민혁에게 도움이 될 수 있도록 끊임없이 움직이며 바르셀로나 선수들의 시선을 끌었다.

"적당히 좀 해!"

바르셀로나의 풀백 조르디 알바가 짜증을 내며 이민혁의 앞을 가로막았다.

어떻게든 이민혁을 막기 위해 자세를 낮추고, 빠르게 반응할 준비를 했다.

하지만, 조르디 알바는 이민혁을 상대로 3초도 버티지 못했다.

—조르디 알바가 손쉽게 제쳐집니다! 아! 역시 이민혁의 드리블은 수준이 다르네요!

압도적인 스피드를 내면서도 정교한 드리블을 펼치는 이민혁의 움직임에 조르디 알바는 무기력하게 당해 버렸다.

그때였다.

"절대 못 들어와!"

디에고 코스타를 막던 제라르 피케가 하던 것을 멈추고, 이민혁을 향해 덤벼들었다.

물론 이민혁은 침착하게 피케마저도 제쳐 냈다.

─우오오오! 이민혁이 제라르 피케까지 제쳐 냅니다! 가랑이 사이로 공을 집어넣으며 농락을 해 버리네요!

피케를 제쳐 낸 지금.
이민혁은 골대 신을 향해 강력한 슈딩을 때려 냈다.
바르셀로나의 테어 슈테겐 골키퍼가 막을 생각조차 하지 못할 정도로 강력한 슈팅이었다.

[상대의 페널티박스 안에서 슈팅했습니다!]
['페널티박스 안의 피니셔' 스킬 효과가 발동됩니다!]
[슈팅의 정확도가 대폭 상승합니다.]

퍼어엉!
바르셀로나의 골 망이 흔들렸다.
스코어를 4 대 0으로 만드는 이민혁의 골이었다.
혼자서 아주 먼 거리에서부터 드리블해서 직접 기록한 골.

─믿을 수 없는 골입니다! 이민혁 선수가 믿을 수 없는 골을 만들어 냈습니다!
─이게 도대체 몇 미터를 드리블해서 넣은 골인가요! 굉장합니다! 이건 분명 올해의 골이 될 것 같습니다!

아틀레티코 마드리드의 팬들은 자리에서 일어나 열광했다.
반면, 바르셀로나의 팬들은 고개를 숙였다.

그리고.

바르셀로나 선수들은 충격을 받은 얼굴로 이민혁을 바라봤다.

리오넬 메시 역시 마찬가지였다.

"…말도 안 돼."

그는 흔들리는 눈으로 이민혁을 바라봤다.

과거엔 세계 최고의 선수였던 리오넬 메시, 그의 눈에 비친 이민혁은 거인처럼 커 보였다.

*　　　　　*　　　　　*

─해트트릭입니다! 이민혁이 바르셀로나와의 챔피언스리그 8강전에서 해트트릭을 기록합니다!

─압도적입니다……! 바르셀로나 선수들이 최선을 다했지만, 이민혁을 막지 못했습니다! 벌써 세 번째 골을 터뜨린 이민혁! 손가락 세 개를 들어 올리는 특유의 세리머니를 펼치고 있습니다.

─익숙한 세리머니죠?

─하하하! 그렇습니다. 아주 익숙하죠! 해트트릭을 기록한 뒤에 하는 세리머니가 이제는 너무나 익숙해진 이민혁 선수입니다! 해트트릭을 정말 밥 먹듯이 하거든요!

이민혁의 3번째 골.

그 골이 터진 순간, 한국 팬들은 열광했다.

ㄴ우와ㅋㅋㅋㅋㅋㅋ뭐　ㅋㅋㅋㅋㅋ

└미친ㅋㅋㅋㅋㅋㅋㅋㅋㅋㅋ 이게 뭐냐고ㅋㅋㅋㅋㅋ진짜 어이가 없네ㅋㅋㅋㅋㅋㅋ

└ㅅㅂ이민혁은 무슨 바르셀로나를 아마추어 팀 상대하듯이 하네.

└눈이 호강한다 증맬로ㅋㅋㅋㅋ 말도 안 되는 플레이를 보여주네ㅋㅋㅋㄱㄱㄱㄱㄱㄱ 이건 진심 이민혁이니끼 그니미 덜 늘리는 거지, ㅋㅋㅋ경이롭다 경이로워ㅋㅋㅋㅋ

└축구 오랜만에 보는데 이민혁 얘는 피지컬이랑 스피드랑 드리블이 왜 저렇게 완벽한 거야?;;;;;; 그리고 수비수잖아? 수비수로 출전했는데 이렇게 할 수 있는 게… 아니, 이게 맞아? 항상 이래? 아니면 오늘 컨디션이 유난히 좋은 거야?

└원래 이럼. 그리고 이게 기량 죽은 거야. 스트라이커나 윙어로 출전하면 훨씬 잘함. 걍 비교도 안 돼ㅋㅋㅋㅋ 스트라이커로 출전했으면 아마 이미 5골은 넣었을걸?

└ㄷㄷㄷㄷ이민혁이 진짜 잘하긴 하는구나. 제대로 본 건 오늘이 처음인데, 클래스가 다른데? 혼자 외계인이잖아 그냥ㅋㅋㅋ

└축구의 신이지. 불과 2년 전까지만 해도 리오넬 메시를 누가 뛰어넘을 수 있을지 몰랐는데, 이젠 이민혁이 메시를 넘었잖아.

└워… 바르셀로나 선수들 표정 보이지? 보통은 아예 넘사벽을 만났을 때 저런 표정 짓지 않나?

└ㅋㅋㅋㅋ맞지. 영혼 가출한 표정ㅋㅋㅋㅋㅋ

└바르샤 멸망ㄷㄷㄷㄷㄷ

한국 팬들은 굉장히 즐거워했다.

이민혁이 FC 바르셀로나라는 강팀과의 경기에서 최고의 활약을 펼치는 건 이들에게 아주 기쁜 일이었으니까.

같은 시각.

실시간으로 경기를 시청하던 일본 축구 팬들은 비현실적인 이민혁의 활약에 당혹감을 드러냈다.

ㄴ…몇 미터를 드리블해서 골을 넣은 거야? 같은 아시아인인데 왜 세계적인 선수는 매번 한국에서만 나오는 거야? 한국인들에게 특별한 비법이라도 있는 건가?

ㄴ김치를 먹잖아. 한국인들은 슈퍼김치파워를 내는 거라고.

ㄴ일본은 쿠보군에게 김치를 먹여야 해.

ㄴ이건 좀 말이 안 되는데? 그 바르셀로나가 이민혁 한 명에게 이렇게까지 무너진다고? 이거 사기 아니야? 프로레슬링처럼 짜고 하는 거 아니냐고?

ㄴ프로레슬링이라니… 추해 보이니까 그만해. 그나저나 쿠보군이 이민혁처럼 성장할 수 있을까……?

ㄴ그건 좀 어려워 보이네… 이민혁은 이미 세계 최고의 선수잖아? 게다가 최근엔 펠레나 마라도나와 같은 선수들까지도 뛰어넘었다는 평가도 받고 있잖아.

ㄴ펠레나 마라도나한테 비교하는 건 심하잖아? 이민혁이 데뷔한 지 얼마나 됐다고.

ㄴ심하긴 뭐가 심해? 지금 이민혁이 하는 거 안 보여? 얜 중앙 수비수로 출전해서 해트트릭을 한다고. 그 누구도 이민혁 같은 플레이를 할 수 없어. 한국인을 인정하긴 싫지만, 이민혁은 인정해야지.

└…분하다. 일본은 왜…….

그리고.

골을 넣은 이민혁은 미소를 띠며 관중들을 향해 손을 흔들었다.

곧바로 함성이 터져 나왔다.

"이게 되네."

수비진에서부터 덤벼드는 상대 선수들을 전부 제치고 골을 넣는 건, 이민혁에게도 쉬운 일이 아니었다.

더구나 상대가 FC 바르셀로나라면 더욱 난이도가 높아진다.

그런데 성공했다. 그것도 별로 어렵지 않게.

"바르셀로나 선수들이 너무 위축돼서 그런가?"

고개를 갸웃거리며, 이민혁은 눈앞의 메시지들을 확인했다.

챔피언스리그 8강에서 바르셀로나를 상대로 해트트릭을 기록한 보상은 훌륭했다.

게다가 수비수로 출전한 경기였기에, 보상은 기대 이상이었다.

[퀘스트를 완료하셨습니다!]

[퀘스트 내용: 챔피언스리그 8강에서 FC 바르셀로나를 상대로 해트트릭을 기록하세요.]

[보상으로 경험치가 30% 증가합니다.]

[퀘스트를 완료하셨습니다!]

[퀘스트 내용: 센터백으로 출전한 경기에서 해트트릭을 기록하세요.]

[보상으로 경험치가 100% 증가합니다.]

[퀘스트를 완료하셨습니다!]

[퀘스트 내용: 센터백으로 출전한 경기에서 공격포인트 4개를 기록하세요.]

[보상으로 경험치가 100% 증가합니다.]

[퀘스트를 완료하셨……]

…….

…….

[레벨이 올랐습니다!]

[레벨이 올랐습니다!]

[레벨이 올랐습니다!]

[레벨이 올랐습니다!]

＊　　　　＊　　　　＊

리오넬 메시.

과거엔 세계 최고의 선수였던 그가 떨리는 눈을 한 채, 이민혁을 바라봤다.

자존심이 강한 그였지만, 지금만큼은 시선을 떼지 못했다.

"너무 잘하잖아……?"

리오넬 메시는 다른 선수들보다 뛰어난 실력을 지녔다.

사실상 이민혁과 크리스티아누 호날두 말고는 적수가 없을 정도로 대단한 선수다.

그렇기에 그의 눈엔 이민혁의 실력이 어느 정도의 수준인지 더욱 잘 보였다.

"…이런 느낌을 받은 건 처음이야."

벽을 느낀다는 것.

다른 선수들은 쉽게 느낄 수 있지만, 리오넬 메시에겐 경험해 보지 못했던 느낌이었다.

심지어 전성기 때의 호나우지뉴를 봤을 때도 벽이 느껴지지는 않았었다.

그러나.

지금의 이민혁에게선 아주 높은 벽이 느껴졌다.

"내가 과연 이민혁을 이길 수 있을까?"

잠시 생각에 빠졌던, 리오넬 메시가 이내 씁쓸한 표정으로 고개를 저었다.

"아니… 어렵겠어."

이처럼 리오넬 메시가 좌절하고 있을 때.

이민혁은 리오넬 메시의 시선을 느끼지 못하고 있었다.

그럴 수밖에 없었다.

바쁘게 상태 창을 보며 스탯 포인트를 사용하고 있었으니까.

[스탯 포인트 4를 사용하셨습니다.]
[수비 능력치가 4 상승합니다.]
[현재 수비 능력치는 123입니다.]

[스탯 포인트 4를 사용하셨습니다.]
[헤딩 능력치가 4 상승합니다.]
[현재 헤딩 능력치는 121입니다.]

이민혁은 모든 경기에서 최선을 다한다.

어릴 적 기회를 받지 못했던 기억이 아직도 생생했기에, 늘 마지막 기회라고 생각하며 가진 걸 전부 쏟아 낸다.

오늘도 그랬다.

센터백으로 출전해서 3골 1어시스트를 기록했으면, 사실상 할 건 다 했다고 말할 수 있지만.

그래도 이민혁은 멈추지 않았다.

만족하지 않았고, 체력이 남는 한 계속해서 뛰었다.

─이민혁이 전진합니다! 바르셀로나가 이민혁을 막질 못하고 있습니다!

─바르셀로나 선수들은 이민혁 선수가 공을 잡기만 하면 당황하네요!

이민혁을 공을 소유하고 있지 않을 땐 수비에 집중했다.

그러나 공을 잡았을 때는 과감하게 전진했다. 최소한 한 명의 선수를 끌어들이며 동료의 부담을 줄여 줬고, 압박을 받으면서도 정확한 패스를 뿌리거나 위협적인 연계를 시도했다.

─이민혁이 앙투안 그리즈만과 공을 주고받습니다. 이 선수들의

호흡은 이미 검증이 되어 있죠!

　─이민혁 선수는 수비수로 뛰면서도 어느새 최전방까지 나와서 연계를 해 주네요! 놀라운 활동량입니다! 도대체 이민혁의 체력은 얼마나 강한 걸까요? 이제 이민혁 선수가 지친 모습은 상상이 되지 않을 정도입니디!

　─최근 축구 팬들 사이에서 이민혁 선수를 두고 3개의 심장을 지닌 선수라고도 말할 정도니까요!

　정신적으로 무너져 버린 FC 바르셀로나는 더욱 빠르게 무너졌다.

　후반전 내내 아틀레티코 마드리드에게 끌려다니며 많은 수의 유효슈팅을 허용했다.

　삐이이이익!

　경기가 종료됐고.

　바르셀로나 선수들은 고개를 숙인 채, 경기장을 빠져나갔다.

　압도적인 상대를 만나서 좌절한 선수들이 보이는 모습이었다.

　「이민혁, 챔피언스리그 8강에서 만난 FC 바르셀로나를 상대로 축구 황제의 클래스 보여 줬다! 3골 3도움 기록하며 최고의 활약 펼쳐!」

　「아틀레티코 마드리드, 이민혁의 활약에 힘입어 FC 바르셀로나에게 8 대 0 대승 거둬!」

　「아틀레티코 마드리드, 바르셀로나까지 압도! 더 이상 라리가엔 적수가 없나?」

「골 넣는 수비수 이민혁, 믿을 수 없는 활약으로 팬들을 놀라게 해.」

챔피언스리그 8강 1차전에서의 대승.

기세가 더욱 올라온 아틀레티코 마드리드는 얼마 뒤에 펼쳐진 챔피언스리그 8강 2차전에서도 바르셀로나를 압도했다.

「아틀레티코 마드리드, 챔피언스리그 8강 2차전에서도 바르셀로나 꺾고 챔피언스리그 4강 진출!」

「이민혁, 공격과 수비 모두 완벽하게 해내며 팀의 승리 이끌어!」

「챔피언스리그 8강 2차전에서 2골 3어시스트 기록한 이민혁, 바르셀로나 킬러로 등극?」

아틀레티코 마드리드는 이민혁의 활약에 힘입어 리그에서도 연승을 이어갔다.

「아틀레티코 마드리드, 레반테와의 경기에서 11 대 1 승리!」

「이민혁, 센터백으로 출전해 4골 3어시스트 기록!」

「아틀레티코 마드리드, 레알 소시에다드전에서 13 대 0 대승!」

「이민혁, 수비수로 출전해서 10골 기록! 경이로운 경기력 보여 주며 관중들에게 기립박수 받아.」

「아틀레티코 마드리드, 레알 베티스에게 15 대 0 승리!」

「이민혁, 8골 3어시스트 기록하며 역사에 남을 새로운 기록 세워!」

리그 후반인 34라운드 경기까지 계속해서 연승을 이어 나갔다.

그 과정에서 경이로운 활약을 펼쳤기에, 이민혁은 많은 경험치를 얻어 냈다.

그 결과.

[이민혁]
레벨: 375
나이: 24세(만 22세)
키: 183㎝
몸무게: 79㎏
주발: 양발
[체력 110], [슈팅 140], [태클 116], [민첩 130]
[패스 110]. [탈압박 130], [드리블 140], [몸싸움 140]
[헤딩 121], [속도 140], [수비 123]
스킬: [예리한 슈팅], [예리한 패스], ·······.
스탯 포인트: 0

이민혁은 바르셀로나와의 1차전 이후로 10개의 레벨이 더 오르며 많은 성장을 거뒀다.

"아무리 생각해도 수비수로 뛰라는 디에고 시메오네 감독님의 제안을 받아들이길 잘했다니까?"

이민혁은 환하게 웃으며 능력치들을 바라봤다.

보는 것만으로도 배가 불러 오는 능력치들이었다.

"수비도 알면 알수록 재밌는 부분이 많고… 근데 그래도…….

하지만.

이민혁은 계속해서 수비수로 뛸 생각은 없었다.

디에고 고딘의 부상회복이 생각보다 느린 바람에 계속해서 수비수로 뛰고 있긴 하지만.

이민혁이 가장 좋아하는 포지션은 윙어와 스트라이커였다.

"더 많은 공격포인트를 기록할 수 있는 위치에서 뛰는 게 재밌지."

이처럼 좋은 활약을 펼치고, 빠르게 성장을 해 가는 상황에서.

챔피언스리그 4강 1차전을 치러야 하는 시기가 다가왔다.

그리고.

"아… 하필이면…….

상대를 다시 한번 확인한 이민혁의 표정이 굳어졌다.

자연스럽게 나온 반응이었다.

원치 않았던 팀을 만나게 됐으니까.

애석하게도 챔피언스리그 4강에서 상대할 팀은 전 소속 팀이던 리버풀 FC였으니까.

Chapter. 5

「아틀레티코 마드리드, 챔피언스리그 4강 1차전에서 리버풀 FC 만난다.」

「축구황제 이민혁, 지난 시즌까지 뛰었던 리버풀 FC와 적으로 만난다.」

챔피언스리그 4강전.

아틀레티코 마드리드와 리버풀 FC가 만나게 된 이 경기는 전세계 축구 팬들의 관심을 끌었다.

ㄴ어디가 이길까? 당연히 아틀레티코 마드리드겠지?

ㄴ리버풀이 이길 수도 있지 않을까? 리버풀이 지난 시즌만큼 강하지는 않지만, 그래도 강팀이잖아? 그리고 리버풀의 수비수들

이 이민혁에 대해서 잘 알고 있기도 하고.

ㄴ리버풀이 이민혁 때문에 우승했다는 건, 이번 시즌 EPL을 보면 알 수 있잖아? 이민혁이 있는 아틀레티코 마드리드가 무조건 이기지.

ㄴ경험은 무시 못 해. 리버풀 FC는 이민혁을 매일 상대하면서 많이 막아 봤을 거라고.

ㄴ어디가 이기든, 빨리 보고 싶다. 이 경기는 너무 재밌겠다.

ㄴ이민혁이 나오는 경기는 항상 재밌지.

ㄴ그나저나 이민혁은 감정적으로 흔들리지 않는 게 중요하겠네.

이민혁이 지난 시즌까지 뛰었던 팀이 리버풀이라는 것.

그 스토리가 전 세계 축구 팬들의 관심을 끌었다.

그리고 지금.

"아… 하필 리버풀을 만나냐."

이민혁이 씁쓸한 얼굴로 머리를 긁적였다.

"이겨도 찝찝한 경기가 될 것 같은데……."

전 소속 팀을 상대한다는 것은.

썩 유쾌한 일이 아니었다.

이왕이면 일어나지 않기를 바랐던 일이었건만, 결국 이렇게 되어 버렸다.

시간은 빠르게 흘렀다.

챔피언스리그 4강 1차전이 펼쳐지는 당일.

"우리는 아틀레티코 마드리드다! 늘 그랬던 것처럼 오늘도 이기자!"

아틀레티코 마드리드 동료들과 함께 승리를 위한 구호를 외치고, 이민혁은 라커 룸을 빠져나왔다.

경기장으로 나가는 입구가 저 앞에 보였다.

우어어어어어어!

팬들의 거대한 함성이 터졌다.

땅이 울릴 정도로 거대한 함성이었다.

아직 선수들이 경기장에 모습을 드러내지 않았음에도 이런 반응이라니, 역시 많은 인기를 끌고 있는 팀들의 경기다웠다.

스윽!

이민혁은 고개를 돌려 상대 선수들을 바라봤다.

챔피언스리그 4강이라는 중요한 경기를 앞두고 있지만.

반가운 마음에 웃음이 나왔다.

리버풀의 선수들 역시 마찬가지였다.

한때 가족처럼 지냈던 사이였기에, 이들은 이민혁을 향해 빠른 걸음으로 다가왔다.

"민혁! 잘 지냈어?"

"이게 누구야?! 이민혁이잖아? 오우… 반가워 죽겠네!"

담백한 말과 함께 다가오는 선수들도 있었고.

"축구황제다! 축구의 신이다! 평소에 팬이었는데, 이렇게 만나네요! 하하핫!"

"공격과 수비 모두 완벽해진 외계인 씨를 오랜만에 뵙네요. 영광입니다! 정말 영광이에요~!"

장난을 치며 오랜만에 만난 어색함을 날려 버리는 선수들도 있었다.

특히, 리버풀에서 가장 친하게 지냈던 선수 중 하나인 피르미누는 다른 선수들보다도 더 이민혁을 반가워했다.

"민혁! 너무너무너무너무 반가워! 잘 지냈지?"

"그럼요. 피르미누도 잘 지냈죠?"

"그럼~! 나도 잘 지냈지. 그나저나 우리랑 뛸 때보다 더 잘해졌던데? 대체 수비는 언제 그렇게 잘해진 거야? 난 정말 깜짝 놀랐다고. 리버풀에 있을 때는 그 정도가 아니었잖아?"

"하하… 꾸준히 연습하니까 늘더라고요."

"역시 넌 대단한 친구야. 오늘도 센터백으로 이름을 올렸던데? 네가 좋아하는 포지션이 아니라서 아쉽진 않아? 넌 윙어를 가장 좋아했잖아?"

"괜찮아요. 이젠 수비수로 뛰는 것도 익숙해졌거든요."

"익숙해졌다니… 무섭네. 민혁, 넌 어지간한 정도로는 익숙해졌다는 말을 안 하잖아?"

"하하! 기대하셔도 좋아요."

"기대는 무슨, 무섭다고!"

이민혁의 표정이 밝아졌다.

리버풀 선수들, 그리고 피르미누와의 대화를 마치고 나니, 찝찝했던 마음들이 사라졌다.

이제 최선을 다해서 리버풀을 상대할 수 있을 것 같았다.

*　　　　*　　　　*

─양 팀 선수들이 경기장에 입장합니다! 어우~! 함성이 대단한
데요?

─리버풀 FC와 아틀레티코 마드리드 모두 팬들의 열정이 내난
한 것으로 유명한 팀이니까요.

─EPL에서 최상위권을 유지하고 있는 리버풀 FC와 현재 압도적
인 전력으로 라리가 1위를 달리고 있는 아틀레티코 마드리드가 챔
피언스리그 4강에서 만나네요!

─많은 수의 전문가들과 축구 팬들이 이민혁이 있는 아틀레티
코 마드리드가 승리할 거라고 예상했거든요? 과연 뚜껑을 열었을
때, 어떤 결과가 나올지, 지켜보겠습니다!

삐이이이익!

경기가 시작됐다.

최근에 쭉 그래 왔던 것처럼 오늘도 센터백으로 출전한 이민
혁은 침착하게 상대의 움직임을 바라봤다.

─리버풀이 안정적으로 공을 돌리고 있습니다. 비록 위르겐 클
롭 감독의 전술은 이민혁이 있었을 때 가장 완벽하다는 평을 받긴
했지만, 그래도 모하메드 살라 선수와 사디오 마네 선수가 상당히
좋은 경기력을 보여 주며, EPL에서 최상위권을 유지하는 리버풀입
니다.

─맞습니다. 이 리버풀의 공격수들은 상당히 좋은 모습을 보여 주고 있죠. 실제로 팬들 사이에선 사디오 마네, 피르미누, 모하메드 살라의 이름을 따서 '마누라' 조합이라고 말할 정도입니다.

─하하! 이름이 강렬하네요!

─그만큼 강렬한 화력을 보여 주는 조합이죠.

리버풀의 '마누라'조합.

사디오 마네, 피르미누, 모하메드 살라의 움직임은 날카로웠다.

빠르고 기민했기에, 수비수로서는 대응하기가 쉽지 않았다.

저들에게 대응하려면 저들보다 더 빨라야만 했다.

그래서.

이민혁은 저들을 막아 낼 수 있었다.

─이민혁입니다! 이민혁이 모하메드 살라의 돌파를 막아 냈습니다! 이야! 모하메드 살라가 굉장히 빠른 선수인데, 이민혁 선수가 스피드로 가볍게 제압해 버립니다! 모하메드 살라, 당황한 얼굴이죠!

─허허! 당황할 수밖에 없죠. EPL에서 아주 빠른 선수인 모하메드 살라 선수지만, 이민혁 선수는 스피드의 수준이 다르니까요! 이민혁 선수는 단거리 육상선수로 훈련을 받았으면 대단한 기록을 세웠을 거라는 말이 나올 정도로 빠르거든요!

센터백인 이민혁은 유동적으로 움직이며, 사디오 마네, 모하메드 살라의 돌파를 막아 냈다.

리버풀의 공격은 빠르고 날카로웠지만, 이민혁이 이끄는 아틀레티코 마드리드의 수비를 쉽게 뚫어 내지 못했다.

─이민혁입니다! 이민혁이 피르미누와의 공중볼 경합에서 가볍게 승리했습니다!

─정말 엄청난 점프력이네요! 이민혁과의 공중볼 경합에서 승리할 수 있는 선수가 누가 있을까요?

─아마 없지 않을까요? 그 어떤 선수의 얼굴도 떠오르지 않네요!

아틀레티코 마드리드는 단단하게 수비에 집중했다.

디에고 시메오네 감독 특유의 전술로 리버풀을 효과적으로 끌어들였다.

─아틀레티코 마드리드, 수비가 상당히 단단합니다! 리버풀의 화력을 효과적으로 막아 내고 있습니다!

─리버풀이 신만 잔뜩 내고 골은 넣지 못하고 있거든요? 이러면 리버풀 선수들은 체력만 빨리 빠지는 셈입니다!

웅크리고 있던 아틀레티코 마드리드는 타이밍을 기다렸다.

리버풀이 빈틈을 드러내는 타이밍을.

─피르미누의 슈팅이 얀 오블라크 골키퍼에게 막힙니다. 리버풀

은 역습을 조심할 필요가 있어 보이는데요? 왜냐하면 아틀레티코 마드리드는… 오오?! 말이 끝나기 무섭게 얀 오블락 골키퍼가 이민혁에게 공을 넘깁니다. 아틀레티코 마드리드의 공격수들이 최전방으로 뛰기 시작합니다! 이민혁, 롱패스를 뿌릴까요? 이민혁의 롱패스는 날이 갈수록 정교해지고 있거든요?!

이민혁의 넓은 시야엔 보였다.

최전방으로 달리는 페르난도 토레스와 앙투안 그리즈만의 모습이.

퍼어엉!

이민혁이 공을 뿌렸다.

두 선수 모두 뛰어 들어가는 타이밍이 매우 좋았지만, 그중 더 좋은 움직임을 가져간 선수는 페르난도 토레스.

때문에 이민혁이 뿌린 공은 페르난도 토레스가 달리는 앞쪽 공간으로 날아갔다.

투욱!

비록 전성기보다 실력이 퇴보한 페르난도 토레스였지만, 클래스는 영원했다.

발을 뻗어서 부드럽게 공을 받아 낸 그는, 침착하게 칩슛을 구사했다.

─오오오오! 페르난도 토레스! 로리스 카리우스 골키퍼의 키를 넘기는 슈팅! 고오오오오오올! 들어갔습니다! 페르난도 토레스가 챔피언스리그 4강에서 리버풀을 상대로 선제골을 터뜨렸습니다!

─완벽한 마무리네요! 페르난도 토레스가 여전히 살아 있는 클래스를 보여 줍니다! 또, 방금 장면에선 이민혁의 패스를 언급하지 않을 수가 없죠?

─그렇습니다! 이민혁 선수의 패스가 너무 정확했어요!

이민혁은 페르난도 토레스에게 달려가지 않았다.

아무런 행동도 하지 않은 채, 경기가 재개되길 기다렸다.

전 소속 팀에 대한 예의였다.

─이민혁이 웃지 않네요. 전 소속 팀을 향한 존중이겠죠?

─아무래도 그런 것 같습니다. 멋진 모습이네요~!

첫 골이 터진 이후에도 리버풀의 공격은 아틀레티코 마드리드의 수비를 뚫지 못했고.

오히려 또다시 아틀레티코 마드리드에게 역습을 허용했다.

─이민혁이 직접 공을 몰고 달립니다! 굉장히 **빠**른 스피드를 보여 주는 이민혁!

역습의 중심은 이민혁이었다.

이민혁은 직접 공을 몰고 드리블하며 리버풀 선수들을 끌어들였다. 한 번에 많은 수의 선수들이 덤벼들면 주저 없이 동료를 이용했다.

—이민혁이 가비와의 2 대 1 패스로 압박을 벗어납니다! 영리한 움직임을 보여 주는 이민혁! 다시 공을 몰고 전진합니다!

　리버풀로선 알고도 당할 수밖에 없었다.

　한때는 동료였기에, 이민혁이 자신들을 끌어들이고 있다는 사실도 알고 있었고.

　반칙을 유도하고 있다는 것도 알고 있었다.

　그래도 덤벼들어야 했고, 막아야 했다.

　안 그러면 이민혁에게 슈팅 공간을 내주게 될 테니까.

　—이민혁이 넘어집니다! 조던 헨더슨의 반칙이었죠?

　—맞습니다. 조던 헨더슨이 옷을 잡아서 이민혁의 돌파를 끊어 냈습니다. 영리한 반칙이긴 하지만, 이민혁 선수의 프리킥 능력을 생각하면… 리버풀이 위험할 수도 있겠는데요?

　—프리킥이 선언된 위치와 골대와의 거리가 35m 정도인데, 이 정도면 이민혁이 충분히 슈팅을 시도할 수 있는 거리이긴 하죠.

　해설들의 말 그대로였다.

　리버풀이 영리하게 이민혁의 전진을 막아 내긴 했지만.

　직접 슈팅을 시도할 수 있는 거리에서 프리킥을 내주고 말았다.

　이 사실을 리버풀 선수들도 알고 있었기에, 이들의 표정은 좋지 못했다.

　그런 상황에서.

"조금 멀긴 한데, 그래도 이 정도 거리면 해 볼 만하겠어."

이민혁은 특유의 덤덤한 얼굴로 거리와 각도를 계산했다.

프리킥은 자신 있는 분야였다.

게다가 슈팅력과 슈팅의 정확도 역시 가장 자신 있는 분야였다.

35m라는 거리는 별로 문제가 되지 않았다.

퍼어엉!

이민혁이 강력한 프리킥을 때려 냈고.

쒜에에엑!

쏘아진 공이 그림처럼 리버풀의 골대 구석으로 파고들었다.

─들어갔습니다! 이래서 이민혁에게 프리킥을 주면 안 된다는 겁니다! 리버풀이 결국 이민혁에게 골을 허용하고 말았습니다!

─놀라운 프리킥 능력이네요! 35m라는 먼 거리에서도 이토록 강력하고 정확한 프리킥이라니… 우리 이민혁 선수, 정말 대단합니다!

멋진 골을 넣은 지금.

아틀레티코 마드리드의 팬들은 환호했다.

관중석에 있던 팬들 역시 자리에서 일어나 열광했다.

그러나.

"……"

이민혁은 고개를 숙인 채, 자신의 자리를 향해 걸었다.

세리머니를 할 생각은 없었다. 상대는 전 소속 팀이자, 너무나도 좋아하는 리버풀이었으니까.

때문에, 그다지 기분이 좋지도 않았다.

그런데 이때.

꿈틀!

이민혁의 입꼬리가 씰룩거렸다.

　　　　　　*　　　　　　*　　　　　　*

"…들어갔네."

이민혁의 목소리가 낮게 깔렸다.

기분이 좋지 않았다.

어시스트를 기록했을 때도 그랬고, 프리킥으로 골을 넣은 지금도 그랬다.

상대가 리버풀이라는 것.

그게 이유였다.

전 소속 팀을 상대로 골을 넣은 것이기에, 당연히 세리머니를 할 생각도 없었다.

그런데.

[퀘스트를 완료하셨습니다!]

[퀘스트 내용: 전 소속 팀 리버풀 FC를 상대로 프리킥 골을 기록하세요.]

[보상으로 경험치가 20% 증가합니다.]

[퀘스트를 완료하셨습니다!]

[퀘스트 내용: 전 소속 팀 리버풀 FC를 상대로 2개의 공격포인트를 기록하세요.]

[보상으로 경험치가 20% 증가합니다.]

[퀘스트를 완료하셨습니다!]

[퀘스트 내용: 챔피언스리그 4강에서 골을 기록하세요.]

[보상으로 경험치가 10% 증가합니다.]

[퀘스트를 완료하셨…….]

…….

…….

[레벨이 올랐습니다!]

레벨이 올라 버렸다.

급격히 기분이 좋아졌다. 당장에라도 웃음이 터져 나올 것 같았다.

'이러면 안 돼. 참자, 참아야 해.'

이민혁이 입술을 강하게 깨물었다.

'지금 웃으면 답도 없어져.'

전 소속 팀을 상대로 골을 넣고 덤덤한 모습을 보이던 상황이었다.

이런 상황에서 웃어 버린다?

미친 사람처럼 보일 것이 분명했다.

더불어 리버풀 팬들의 분노를 끌어낼 게 분명했다.

"후우… 큰일 날 뻔했네."

다행히 웃음이 터지진 않았다.

대참사가 일어나는 것을 막아 낸 지금, 이민혁은 스탯 포인트를 사용했다.

[스탯 포인트 2를 사용하셨습니다.]

[수비 능력치가 2 상승합니다.]

[현재 수비 능력치는 125입니다.]

"전 소속 팀과의 경기여서 그런가? 경험치를 많이 주네."

이민혁은 다시 웃음이 터지려는 걸 참아 냈다.

전 소속 팀과의 경기에서 더 많은 경험치를 준다니!

이건 전혀 예상하지 못했다.

"아… 이러면 어쩔 수가 없잖아."

이민혁은 쓸쓸한 얼굴로 고개를 푹 숙였다.

당연히 이번 경기에서도 최선을 다할 생각이었지만, 적어도 오늘만큼은 공격포인트에 목숨 걸 생각은 없었다.

그러나, 이젠 생각이 번했다.

"…골이랑 어시스트를 많이 할 수밖에."

미친 듯이 공격포인트를 기록하기로.

같은 시각.

고개를 푹 숙인 이민혁의 모습을 본 축구 팬들은 슬픈 감정을 품은 채, 키보드를 두드리기 시작했다.

ㄴ이민혁 좀 봐… 얼마나 슬프면 골을 넣고도 저렇게 표정을 관리하는 것을 힘들어하고, 고개를 숙여 버릴까……?
ㄴ아직 리버풀을 사랑하는 마음이 남아 있을 테니까, 골을 넣고도 기분이 좋지 않고 슬픈 거겠지…….
ㄴ이민혁의 유일한 약점이 있다면 너무 착한 것이랄까……?
ㄴ이민혁이 착하다고? 받은 걸 돌려주는 독한 성격 아니던가? 흠… 지금 보여 주는 모습을 보면 그런 것 같기도 하고…….
ㄴ확실한 건 이민혁이 리버풀의 팬들을 여전히 존중하고 있다는 거야.
ㄴ내가 리버풀의 팬이라면 이민혁을 싫어할 수가 없을 것 같아. 비록 아틀레티코 마드리드로 가 버렸지만, 저렇게 전 소속 팀을 존중해 주잖아?
ㄴ설마 우는 건가? 오… 나까지 슬퍼지려 하는군.
ㄴ이민혁에게 이렇게 로맨틱한 모습도 있었네.

*　　　　*　　　　*

─이민혁 선수의 움직임이 더 활발해진 것 같지 않습니까?
─그렇습니다. 골을 기록하고 세리머니를 하지 않으며 전 소속 팀에 대한 예의를 보여 주는 모습이었는데요. 그 이후로 더욱 적극성을 보여 주고 있습니다.

―사적인 감정에 흔들리지 않는 프로다운 모습을 보여 주는 이민혁 선수네요!

　툭!
　이민혁이 패스를 받았다.
　중원으로 올라와서 받은 패스였다. 오늘 그의 포지션은 센터백이지만, 마치 중앙 미드필더처럼 올라와서 동료들과 패스를 주고받았다.
　수비수면서 수비진을 두고 위로 올라오는 플레이.
　그런 이민혁의 플레이에도 아틀레티코 마드리드의 동료들은 불만이 없었다.
　당연했다.
　상대의 역습이 시작되더라도, 이민혁이 남다른 스피드로 수비진으로 복귀해서 막아 줄 것이라는 믿음이 있었으니까.

　―오늘도 이민혁 선수는 수비수로 출전했으면서도 높게 올라와서 패스를 주고받고 있습니다! 사실상 아틀레티코 마드리드 중원의 핵심이죠?
　―그렇습니다. 워낙 탈압박이 좋고, 패스가 뛰어난 이민혁 선수니까요. 매우 효율적인 움직임입니다. 다만, 이민혁 선수의 체력이 걱정되긴 하네요. 아무리 강력한 체력으로 유명한 이민혁 선수지만, 그래도 사람이라면 지칠 수밖에 없거든요.
　―더구나 이민혁 선수는 거의 모든 경기에 선발로 출전하고 있지 않습니까?

―그렇죠. 또, 거의 모든 경기에 선발로 출전하고 있으면서, 대부분 풀타임을 소화하고 있죠. 정말 말도 안 되는 스케줄입니다. 하지만 이민혁 선수는 불가사의할 정도로 강력한 내구력을 보여 주며 여전히 체력적으로 안정적인 모습을 보여 주고 있습니다.

이민혁은 계속해서 많이 뛰며 팀의 연결고리 역할을 했다.

자연스레 아틀레티코 마드리드는 리버풀을 상대로 중원 싸움에서 압도했다.

기회도 자주 생겼다.

―이민혁의 전진패스! 오! 날카롭습니다! 앙투안 그리즈만, 때립니다! 고오오오올! 들어갔습니다! 정확한 왼발 슈팅으로 리버풀의 골 망을 흔듭니다!

―그리즈만의 골로 아틀레티코 마드리드가 3 대 0으로 앞서갑니다! 그리고 우리 이민혁 선수는 어시스트를 한 개 추가했습니다!

―이민혁, 측면으로 찔러 줍니다! 오오! 앙투안 그리즈만, 컷백! 고오오오오올! 페르난도 토레스의 마무리입니다!

―측면으로 빠지는 그리즈만을 노린 이민혁의 패스도 좋았고, 이어진 그리즈만의 컷백 패스와 페르난도 토레스의 마무리 슈팅 모두 완벽했습니다! 이제 스코어는 4 대 0이 됩니다!

―아~ 이러면 리버풀로서는 힘이 빠질 수 있는데요!

절망적인 상황이었지만, 리버풀은 포기하지 않았다.

최대한 이민혁을 상대하지 않으려고 하며 아틀레티코 마드리드의 빈틈을 찾았다.

이민혁이 아무리 뛰어난 수비 능력을 지녔다고 해도, 넓은 경기장의 모든 곳을 커버할 순 없는 노릇이었고.

결국엔 아틀레티코 마드리드도 빈틈을 내줬다.

―사디오 마네입니다! 사디오 마네, 아틀레티코 마드리드의 측면을 뚫어 냈습니다! 오! 패스입니다! 빠른 타이밍에 나온 패스! 모하메드 살라, 슈팅! 고오오오오올! 모하메드 살라의 마무리입니다! 리버풀이 드디어 골을 터뜨리네요!

―피르미누가 측면으로 빠지는 사디오 마네에게 공을 밀어 줬고, 사디오 마네가 반박자 빠른 타이밍에 낮은 크로스를 올려 줬네요. 게다가 모하메드 살라의 왼발 슈팅도 아주 정확했고요. 리버풀의 '마누라'조합이 아틀레티코 마드리드의 뚫리지 않을 것 같던 수비를 기어코 뚫어 냈습니다!

후반전에 들어선 리버풀의 공격이 더욱 살아났다.

―고오오오오오올! 사디오 마네입니다! 아틀레티코 마드리드의 스테판 사비치와의 일대일에서 이겨 내며 골을 기록합니다! 개인 능력이 뛰어난 사디오 마네의 장점이 제대로 드러난 골 장면이었습니다!

―위르겐 클롭 감독이 이끄는 리버풀의 강력함이 제대로 드러나고 있네요! 역시 프리미어리그 최고의 화력을 지닌 팀 중 하나답

습니다!

　─피르미누입니다! 피르미누가 골을 기록했습니다! 피르미누가 최근 좋은 결정력을 보여 주지 못했었는데, 오늘은 아주 좋은 결정력을 보여 주고 있습니디!

　─수비들을 끌어낸 모하메드 살라의 드리블도 아주 좋았죠! 이민혁 선수가 모하메드 살라를 마크하느라 피르미누에게 향하는 공을 놓치고 말았습니다!

　─사실 이건 이민혁 선수가 막을 수 있는 게 아니었죠. 스테판 사비치 선수가 피르미누를 확실하게 마크하고 있었어야 합니다!

　순식간에 만들어진 4 대 3 스코어.

　리버풀의 분위기가 완전히 살아났다.

　이제 경기장엔 리버풀의 팬들이 내지르는 함성이 가득했다.

　그런데.

　잔뜩 올라온 리버풀의 기세를 한 선수가 단숨에 죽여 났다.

　툭! 툭!

　공을 짧게 치며 압도적인 스피드로 갑작스레 방향을 바꾸는 이민혁의 드리블은 리버풀의 중원을 흔들었다.

　─이민혁이 전진합니다! 이민혁 선수가 제대로 드리블을 하겠다고 마음을 먹은 것 같은데요? 벌써 2명을 제쳤습니다!

　─이민혁이 마음먹고 돌파를 시도하면 어지간해선 공을 뺏기 어렵죠! 반칙을 쓰지 않으면, 너무나도 막기 어려울 겁니다!

─게다가 리버풀 선수들은 이미 카드를 받은 선수들이 많죠! 이민혁 선수에게 반칙을 쓰기가 망설여질 겁니다. 자칫 잘못하면 퇴장으로 이어질 수 있거든요!

리버풀의 미드필더들은 난감한 상황에 놓였다.

반칙으로 이민혁을 끊자니, 퇴장을 당할 수도 있고.

운 좋게 퇴장을 피할 수는 있어도 프리킥을 내주게 될 테니까.

'빨리 안 달려들어 주면 나야 편하지.'

이민혁이 여유 있는 얼굴로 더욱 속도를 높였다.

상대가 덤비지 않는다면, 전진하지 않을 이유가 없었다.

다만, 슈팅할 공간은 생기지 않았다.

이민혁에 대해서 잘 알고 있는 리버풀이기에, 어떻게든 이민혁이 슈팅을 때릴 수 있는 공간만큼은 내주지 않고 있었다.

하지만 그것도 잠깐이었다.

어느새 이민혁은 리버풀의 수비진 바로 코앞까지 다가왔다.

이민혁의 주변엔 아틀레티코 마드리드의 동료들이 끊임없이 움직이며 공을 받을 준비를 마쳤다.

─리버풀의 수비수들이 뒷걸음질을 치고 있습니다! 하지만 이제는 나가서 막아야 할 텐데요?!

─이민혁 선수가 전진할 수 있게 계속 놔두면 위험합니다! 리버풀의 수비수들이 판단을 내려야 할 때입니다!

그때였다.

리버풀 최고의 수비수 버질 판데이크가 진영을 박차고 튀어 나왔다. 피지컬의 자신감이 대단한 그였기에, 이민혁에게 어깨를 부딪쳤다.

이민혁은 버질 판데이크의 차징을 피하지 않았다.

그 역시 몸싸움에 자신감이 있었으니까.

퍼어억!

"우와!"

버질 판데이크와 부딪힌 순간, 이민혁의 입에서 감탄이 나왔다.

현재 이민혁의 몸싸움 능력치는 140.

사실상 상대가 없다고 해도 과언이 아닐 정도로 높은 수치인데, 버질 판데이크의 차징에서 굉장한 부담을 느꼈다.

'버질 판데이크 이 친구, 프리미어리그에서 붙어 봤을 때보다 더 강해졌잖아?'

분명 놀랐지만, 이민혁의 플레이엔 아무런 흔들림이 없었다.

이민혁은 버질 판데이크의 차징을 버텨 냈고, 이어서 뻗어진 버질 판데이크의 태클까지 피해 냈다.

그 순간, 이민혁은 슈팅을 때려 냈다.

이제 막 페널티박스 라인 안으로 침투한 것이었기에 골대와의 거리는 조금 있었지만, 이민혁에겐 아주 가깝게 느껴지는 거리였다.

[상대의 페널티박스 안에서 슈팅했습니다!]

['페널티박스 안의 피니셔' 스킬 효과가 발동됩니다!]
[슈팅의 정확도가 대폭 상승합니다.]

익숙한 메시지가 떠올랐고.

이민혁이 때려 낸 슈팅은 리버풀의 골대 안으로 빠르게 쏘아
졌다.

철썩!

리버풀의 골 망이 크게 흔들렸다.

리버풀의 골키퍼 로리스 카리우스는 조금도 움직이지 못했다.
움직일 수가 없었다.

이민혁의 슈팅 타이밍이 너무 빨랐으니까.

―고오오오오올! 이민혁입니다! 이민혁이 또다시 믿을 수 없
는 골을 만들어 냈습니다!

그리고 그 순간.

이민혁은 양손으로 얼굴을 감쌌다.

*   *   *

골을 넣은 직후.

"아……!"

이민혁은 양손으로 얼굴을 감쌌다.

다급한 움직임이었다.

─골을 넣은 이민혁 선수가… 아…….

그 행동에 경기를 보던 축구 팬들의 눈이 커졌다.

└아… 이민혁이 슬퍼하고 있어… 전 소속 팀인 리버풀에게 공격포인트를 기록할수록 더 괴로워지는 모양이야. 젠장, 괜히 나까지 슬퍼지려 하네…….
└이민혁은 비록 리버풀에 오래 머물지는 않았지만, 머문 동안에는 리버풀 팬들에게 많은 사랑을 받았었지. 물론 지금도 많은 수의 리버풀 팬들은 이민혁을 사랑하고 있고. 그걸 알기 때문에, 이민혁이 힘들어하는 것일 거야.
└조금 불안하네. 프로인데, 이렇게 경기장에서 흔들리는 모습을 보여 주는 건 약점이 될 수 있잖아?
└약점은 무슨, 이민혁의 경기력엔 문제가 없잖아. 그나저나 이민혁의 행동에 리버풀의 팬들은 감동을 제대로 받겠어.
└이민혁은 정말 멋진 남자야.
└경기장에선 늘 냉정할 것 같았던 이민혁이었는데… 오늘 새로운 모습을 보여 주네.

얼굴을 감싸고 고개를 푹 숙이고 있는 이민혁의 모습은 영락없이 슬퍼하고 있는 사람의 행동이었고.
그 모습을 본 팬들은 함께 슬퍼하고 있었다.
다만, 팬들은 몰랐다.

이민혁의 눈앞엔 메시지가 떠 있다는 사실을.

"절대 보면 안 돼……!"

이민혁은 양손을 이용해 필사적으로 눈을 가렸다.

눈앞에 떠 있는 메시지의 내용을 보고 싶었지만.

보게 된다면 분명 웃음이 터질 것 같았다.

"얼핏 봤을 때, 메시지의 양이 상당히 많았어."

팬들이 생각한 것과는 달리 슬픈 감정은 없었다.

눈앞에 떠오른 보상들 때문에 기분이 너무 좋아질까 걱정되었을 뿐.

그래서일까?

"근데 이 사람들은 왜 이러는 거야?"

이민혁은 자꾸만 자신의 어깨를 토닥여 주는 아틀레티코 마드리드 동료들의 행동을 이해하지 못했다.

"후… 이젠 봐도 괜찮겠어."

이민혁은 얼굴을 감싸던 손을 내렸다.

어떤 상황에서도 웃음이 나오지 않을 정도로 감정을 다스리는 데에 자신이 있기에, 이제는 메시지를 확인했다.

[퀘스트를 완료하셨습니다!]

[퀘스트 내용: 전 소속 팀 리버풀 FC를 상대로 4개의 공격포인트를 기록하세요.]

[보상으로 경험치가 30% 증가합니다.]

[퀘스트를 완료하셨습니다!]

[퀘스트 내용: 전 소속 팀 리버풀 FC를 상대로 2개의 골을 기록하세요.]

[보상으로 경험치가 20% 증가합니다.]

[퀘스트를 완료하셨습니다!]

[퀘스트 내용: 챔피언스리그 4강에서 4개의 공격포인트를 기록하세요.]

[보상으로 경험치가 20% 증가합니다.]

[퀘스트를 완료하셨습…….]

…….

…….

수비수로 챔피언스리그 4강전에 출전해 전 소속 팀을 상대로 2골 2어시스트를 기록했다는 것.

경기가 끝날 때까지 시간이 제법 남았다는 것을 생각하면, 아주 훌륭한 활약이었다.

그래서일까?

[레벨이 올랐습니다!]

[레벨이 올랐습니다!]

레벨이 무려 2개나 올랐다.

"풉!"

이민혁이 다급하게 양손으로 입을 막았다.

위기였다.

하마터면 웃음이 터져 나올 뻔했을 정도로.

$$* \qquad * \qquad *$$

[스탯 포인트 4를 사용하셨습니다.]

[태클 능력치가 4 상승합니다.]

[현재 태클 능력치는 120입니다.]

이민혁의 활약은 계속 이어졌다.

전 소속 팀을 상대하는 것이었지만, 자비는 없었다.

—이민혁이 또다시 골을 기록합니다! 너무나도 강력한 중거리 슈팅으로 리버풀의 골문을 열었습니다!

—방금은 리버풀 선수들이 너무 위축되어 있었죠! 이민혁에게 슈팅할 공간을 내주면 안 된다는 것을 알았을 텐데요!

—사실 알고도 막기 힘든 선수가 이민혁 선수니까요. 리버풀 선수들의 머릿속은 복잡했을 겁니다.

밀리는 상황에서도 리버풀은 최선을 다했다.

후반 38분엔 추가골까지 터뜨리며 저력을 보였다.

그러나.

이민혁이 있는 아틀레티코 마드리드는 더 많은 골을 만들어 냈다.

　―이민혁이 환상적인 패스로 페르난도 토레스의 골을 돕습니다!

　―패스 타이밍이 정말 기가 막히네요! 느린 화면으로 보시면…
이야~! 예술이네요!

　―이민혁입니다! 이민혁이…….
　…….

삐이이이익!

　경기가 종료됐다.

　최선을 다한 양 팀 선수들은 거친 숨을 내쉬며 바닥에 주저앉았다.

　양 팀 모두 리그 막바지까지 달려온 상황에서 치른 경기였기에, 체력적으로 힘들 수밖에 없었다.

　"으으으! 이봐, 가비! 나 다리 좀 잡아 줘! 제대로 쥐 났어!"

　"죽겠다, 죽겠어……!"

　"어우… 난 토할 것 같아. 너무 많이 뛰었어."

　"윽… 다리가 다 풀렸네."

　이민혁 역시 평소보다는 훨씬 지친 기색을 내보였다.

　"후우… 힘들다. 확실히 무리한 스케줄이긴 했어."

　이민혁의 스케줄은 미친 수준이었다.

거의 매 경기에서 선발 출전이었고, 대부분 풀타임을 소화했으니까.

체력이 떨어질 수밖에 없는 환경이었다.

게다가 상대는 이민혁에 대해 잘 아는 리버풀이었다.

많이 상대해 봤기에, 다른 팀들보다는 확실히 이민혁을 힘들게 했다.

「아틀레티코 마드리드, 챔피언스리그 4강 1차전에서 리버풀에게 8 대 4 승리! 결승 진출에 청신호!」

「전 소속 팀인 리버풀과 맞붙은 이민혁 슬픈 감정 드러냈지만, 축구 황제다운 경기력 보여 주며 3골 4어시스트 기록!」

「축구황제의 팀을 상대로 잘 싸운 리버풀! 하지만 이기진 못했다. 8 대 4로 패배하며 챔피언스리그 결승 멀어져.」

리버풀과의 챔피언스리그 4강 1차전이 끝난 지금.

이민혁은 평소처럼 스트레칭을 했다. 힘들다고 계속 주저앉아 있는 것보단 근육들을 풀어 주는 편이 나았다.

"어우! 뻐근해."

그때였다.

한 남자가 다가왔다. 그것도 아주 반가운 얼굴을 한 채로.

이민혁도 마찬가지였다. 남자의 얼굴을 본 순간부터 환하게 웃었다.

"크핫핫핫! 민혁!"

특유의 웃음을 터뜨리며 다가온 남자는 위르겐 클롭 감독이었다.

세계 최고의 감독 중 하나이자, 이민혁이 리버풀에 있을 시절에 아주 큰 믿음을 줬던 남자였다.

"감독님!"

오랜만에 만난 두 남자는 뜨겁게 포옹했다.

경기가 진행되는 동안에도 서로를 의식하고 있었지만, 그땐 두 남자 모두 경기에 집중해야 했었다.

하지만 이젠 아니었다.

두 남자는 기다렸다는 듯, 그동안 하지 못했던 이야기들을 풀어냈다.

"잘 지냈나? 아니지, 괜한 질문을 했어. 자네가 잘 못지낼 리가 없지. 자넨 어딜 가도 환영받을 사람이니까. 다른 질문을 해 보겠네. 리버풀을 떠나니까 행복한가?"

"예? 에이, 왜 이러세요. 리버풀을 떠나서 행복하다뇨……."

"크핫핫핫! 농담이야, 농담. 오늘 경기에서 져서 심통이 나서 장난 좀 쳐 봤다네."

"하하… 힘든 경기였어요."

"힘들다는 사람이 3골 4어시스트를 기록하나? 그것도 중앙수비수로 출전해서? 자네가 조금만 더 힘들었으면 큰일 날 뻔했어. 크핫핫핫!"

위르겐 클롭 감독과의 대화는 길게 이어졌다.

대화는 양 팀 선수들이 라커 룸으로 전부 들어간 뒤에야 끝이 났다.

"감독님, 다음에 뵐게요."

"항상 응원하겠네. 아! 그리고 2차전엔 오늘과 달라질 거니까, 기대하게."

"예, 기다리고 있을게요."

이후에도 이민혁은 바쁜 일정을 소화했다.

라리가에서의 일정이 끝이 보이는 상황이었기에, 아틀레티코 마드리드 선수들은 더욱 열정을 불태웠고.

이민혁 역시 매 경기 최선을 다해 뛰었다.

결과는 좋았다.

「아틀레티코 마드리드, 11 대 0으로 승리하며 리그에서의 연승 이어가!」

「이민혁, 5골 4어시스트 기록하며 완벽한 경기 펼쳐!」

아틀레티코 마드리드는 계속해서 승리하며 연승을 이어갔다.

시간은 빠르게 흘렀고.

어느새 리버풀과의 챔피언스리그 4강 2차전이 펼쳐질 날도 다가왔다.

「아틀레티코 마드리드와 리버풀 FC 중 챔피언스리그 결승에 올라갈 팀은 어디?」

「이민혁 선발 확정! 리버풀 FC, 2차전에선 축구황제를 막아 낼 수 있을까?」

이 경기를 앞두고.

위르겐 클롭 감독은 사전 인터뷰에서 승리를 향한 강한 의지를 드러냈다.

「위르겐 클롭 감독, '이민혁이 세계 최고의 선수라는 것은 나도 잘 안다. 리버풀에서 힘께 뛸을 때노 이민혁은 막을 수 없는 선수였다. 그런데 지금은 그의 실력이 더 발전했다. 하지만, 최근 이민혁은 수비수로 출전한다. 윙어나 스트라이커로 뛰는 이민혁은 막을 수 없는 선수일 수 있지만, 수비수로 뛰는 이민혁은 충분히 막을 수 있는 선수라고 믿는다. 2차전에서 리버풀이 얼마나 강한 팀인지 보여 주겠다'라며 아틀레티코 마드리드와의 2차전을 앞두고 강한 자신감 드러내.」

─양 팀 선수들이 경기장에 입장합니다! 과연 챔피언스리그 결승전에 어떤 팀이 진출하게 될까요?

리버풀의 선수들 역시 강한 의지를 다지고 왔다는 것이 얼굴에서부터 드러났다.
위르겐 클롭 감독이 이끄는 리버풀은 항상 승리할 수 있다는 마인드가 잘 장착된 팀.
때문에, 리버풀 선수들은 2차전에서 모든 것을 뒤집을 수 있다고 믿었다.
그렇게 강렬한 믿음을 가진 상태에서 경기가 시작됐다.

삐이이이익!

　　　　　*　　　　　　*　　　　　　*

　2차전에선 판을 바꿀 수 있다는 강한 자신감과 믿음을 가지고 경기에 나선 리버풀 선수들.

　이들의 기세가 꺾이는 데엔 불과 40분도 걸리지 않았다.

　—아… 리버풀 선수들의 기세가 완전히 꺾였어요!

　—그럴 수밖에 없죠……! 리버풀 선수들의 계획에 전반전에만 6골을 허용하는 그림은 없었을 거니까요……!

　—이민혁 선수… 너무 무섭습니다! 센터백으로 출전한 오늘 경기에서 홀로 6골을 기록했습니다……! 압도적인 실력입니다. 아니, 단순히 압도적이라는 표현으로는 부족할 정도네요! 오늘의 이민혁 선수는 골을 넣고 싶을 때마다 실제로 골을 기록하고 있습니다……!

　전반 40분이 된 지금.

　양 팀의 스코어는 6 대 0이었다.

　리버풀은 EPL에서 화력이 가장 강한 팀 중 하나였지만, 아틀레티코 마드리드와의 챔피언스리그 4강 2차전에선 제대로 된 공격을 펼쳐 보지도 못했다.

　이민혁을 막느라 급급했으니까.

　—아… 리버풀! 포기하면 안 될 텐데요? 아직 후반전이 남아 있지 않습니까?

─꺾였습니다. 리버풀 선수들의 기세가 완전히 꺾였어요.

후반전도 다를 건 없었다.
오히려 리버풀에겐 더욱 끔찍한 시간이었다.

─이민혁이 코너킥을 준비합니다. 굉장한 킥 정확도를 보유한 이민혁이기에, 리버풀 선수들이 강한 경계심을 드러내고 있습니다!
─이민혁! 왼발로 킥을 합니다! 오오오오! 고오오오오오올! 골로 연결됐습니다! 디에고 코스타입니다! 부상에서 돌아온 디에고 코스타가 멋진 헤딩골로 부활의 신호탄을 쐈습니다!
─디에고 코스타의 헤딩은 일품이네요! 그나저나 우리 이민혁 선수의 코너킥 능력은 더 날카로워진 것 같습니다!

아틀레티코 마드리드는 쉬지 않고 리버풀을 몰아쳤고.
골 잔치는 경기가 끝나기 전까지 이어졌다.

삐이이이익!

경기가 끝이 났고.
충격적인 결과에 관중들은 입을 떡 벌린 채, 멍하니 점수판만을 바라봤다.

「아틀레티코 마드리드, 챔피언스리그 결승 진출! 축구황제 이민혁이 이끄는 팀은 역시 강했다!」

「리버풀, 챔피언스리그 4강 2차전에서 아틀레티코 마드리드에 11 대 0으로 충격적인 패배!」

「이민혁, 전 소속 팀 리버풀 FC를 상대로 9골 2어시스트 기록! 중앙 수비수로 출전해서 세운 최고의 기록 세워!」

그리고.

오늘 최고의 활약을 펼친 이민혁은 멍하니 허공을 바라봤다.

*　　　　　*　　　　　*

[퀘스트를 완료하셨습니다!]
[퀘스트 내용: 챔피언스리그 결승전에 진출하세요.]
[보상으로 경험치가 100% 증가합니다.]

[퀘스트를 완료하셨습니다!]
[퀘스트 내용: 전 소속 팀 리버풀 FC를 상대로 승리하세요.]
[보상으로 경험치가 20% 증가합니다.]

[퀘스트를 완료하셨습니다!]
[퀘스트 내용: 전 소속 팀 리버풀 FC를 상대로 11개의 공격포인트를 기록하세요.]
[보상으로 경험치가 100% 증가합니다.]

[퀘스트를 완료하셨⋯⋯.]

……

……

[레벨이 올랐습니다!]

[레벨이 올랐습니다!]

[레벨이 올랐습니다!]

3개의 레벨업 메시지.

그것들이 이민혁의 눈을 사로잡았다.

레벨이 오른 것 자체는 그렇게 놀라운 일은 아니지만.

오늘 처음 본 레벨업 메시지가 아니라는 게 중요했다.

'이미 레벨이 꽤 올랐는데, 이렇게 또 오르네.'

오늘 이민혁은 전 소속 팀을 상대로 9골 2어시스트를 기록했다.

당연하게도 골과 어시스트를 기록하는 동안 경험치를 얻었고, 레벨이 올랐다.

리버풀과의 경기는 챔피언스리그 4강전이었기에 얻는 경험치의 양은 평소보다 많았다.

[스탯 포인트 6을 사용하셨습니다.]

[패스 능력치가 6 상승합니다.]

[현재 패스 능력치는 116입니다.]

능력치를 올린 뒤, 이민혁은 동료들을 칭찬하는 시간을 가졌다.

다리에 쥐가 날 정도로 최선을 다해 뛰어 준 동료들은 이민혁이 칭찬할 때마다 환하게 웃으며 기뻐했다.

동료들과 기쁨을 나눈 이후 이민혁은 전 소속 팀 감독이자, 오늘 경기에서 패배한 위르겐 클롭 감독에게로 향했다.

씁쓸한 얼굴로 리버풀 선수들을 다독이던 그는 이민혁을 발견하곤 손을 흔들었다.

"오~! 축구황제 왔는가?"

오늘 리버풀에게 패배를 안겨 준 원흉이었음에도, 위르겐 클롭 감독은 가족이라도 만난 것처럼 반갑게 이민혁을 맞아 줬다.

"고생 많으셨어요."

"이민혁, 너는 정말… 어우! 살살 좀 하지, 11 대 0을 만들어 버리냐?"

거구의 몸을 지닌 위르겐 클롭 감독은 이민혁을 강하게 끌어안으며 장난스레 투정을 부렸다.

"…하하."

"이제 실력이 그만 늘 때도 된 것 같은데, 네 성장은 끝이 없는 모양이야. 우리가 열심히 준비했고, 최선을 다했는데도 이길 수 없더군."

"오늘은 저희의 날이었지만, 다음엔 감독님과 리버풀 선수들의 날이 될 수도 있다고 생각해요."

"크핫핫핫! 축구황제께서 그렇게 말해 주니 진짜 그렇게 될 것 같군! 좋게 말해 줘서 고맙네."

"감독님과 리버풀에는 좋은 감정밖에 없어요. 진심입니다."

"그렇게 좋으면, 떠나지를 말던가! 너만 있었으면 그냥 꽁으로 챔피언스리그 우승해 버리는 건데! 그것뿐이겠어? 빌어먹을 바쁜 스케줄이고 뭐고 다 썹어 먹는 네가 있으면 프리미어리그 우승도 손쉽게 해냈을 텐데. 아무리 생각해도 네가 리버풀을 떠난다고 했을 때, 무릎 꿇고 비깅기링이라도 집었어야 했어."

"에이… 감독님……."

"크핫핫핫! 농담이야, 농담!"

"……."

이민혁은 웃지 못했다.

농담이라고 말했지만, 위르겐 클롭 감독의 얼굴엔 짙은 아쉬움이 묻어나오고 있었으니까.

"그런데… 아틀레티코 마드리드가 챔피언스리그 결승전에서 만날 상대가 바이에른 뮌헨이던데, 괜찮나? 자네, 바이에른 뮌헨을 상당히 좋아했잖아."

주제를 바꾼 위르겐 클롭 감독의 말에 이민혁이 고개를 끄덕였다.

"유쾌한 일은 아니지만, 어쩔 수 없죠."

챔피언스리그 결승전에서 만나게 된 상대는 바이에른 뮌헨이었고.

그 팀은 이민혁의 친정팀이자, 너무나도 좋은 기억만 남아 있는 팀이었으니까.

*　　　　*　　　　*

「아틀레티코 마드리드, 2017/18 챔피언스리그 결승 진출!」

아틀레티코 마드리드는 챔피언스리그 결승행을 확정 지었다.
그리고.
그보다 더 먼저 결승행 티켓을 손에 넣은 팀이 있었다.

「바이에른 뮌헨, 챔피언스리그 4강 2차전에서 강력한 화력 과시하며 레알 마드리드에 4 대 2 승리 거둬!」

바이에른 뮌헨이었다.
레알 마드리드라는 강팀을 상대로 4강 1차전에서 고전했던 바이에른 뮌헨은 2차전에서 각성한 경기력을 보여 주며 역전승을 만들어 냈다.
"하필 이렇게 되냐."
이민혁이 한숨을 푹 내쉬며, 머리를 긁적였다.
친정팀인 바이에른 뮌헨이 챔피언스리그 결승에 오른 것은 그에게도 기쁜 일이었다.
다만, 문제는 아틀레티코 마드리드와 결승전에서 만나게 됐다는 것이다.
"리버풀을 이긴 것도 마음이 불편했는데, 바이에른 뮌헨은… 에휴!"
바이에른 뮌헨과 리버풀.
이 두 팀 중 어떤 팀에 더 애정이 있냐고 묻는다면.
이민혁은 조금의 고민도 없이 바이에른 뮌헨을 선택할 것이다.

아무것도 모르던 시절 독일로 날아갔을 때 말을 걸어 줬던 프랑크 리베리, 그 누구보다도 친절하게 대해 주며 축구를 알려 줬던 아르연 로번, 어린 자신에게 과감하게 기회를 주었던 펩 과르디올라 감독, 그리고 자신을 존중해 준 동료들.

이들과의 기억이 여전히 가슴 속에 남아 있었으니까.

"그나마 펩 과르디올라 감독님이 맨체스터 시티로 가서서 다행이지. 펩 과르디올라 감독님까지 바이에른 뮌헨에 계셨으면 굉장히 불편한 경기가 될 뻔했어."

다행인 건 바이에른 뮌헨의 감독이 유프 하인케스로 바뀌었다는 것이었다.

하지만 그나마 다행인 것일 뿐.

친정팀 동료들을 상대해야 하는 일은 상상만으로도 기분이 좋지 않았다.

그래도.

기분이 좋지 않은 일만 있는 건 아니었다.

이민혁은 라리가의 남은 일정이 진행되는 동안 늘 그랬듯 많은 골과 도움을 기록했고, 그 결과.

「아틀레티코 마드리드, 2017/18시즌 라리가 최고의 팀이 되다! 우승컵 들어 올리는 축구황제 이민혁!」

「축구황제 이민혁, 아틀레티코 마드리드에서 전설을 쓰다! 분데스리가와 프리미어리그에 이어서 라리가까지 제패!」

이민혁은 라리가 우승이라는 타이틀을 목에 걸었다.

[퀘스트를 완료하셨습니다!]
[퀘스트 내용: 세계 최고의 리그중 하나인 라리가에서 우승하세요.]
[보상으로 경험치가 200% 증가합니다.]

[퀘스트를 완료하셨습…….]
…….
…….

[퀘스트를 완료하셨습니다!]
[퀘스트 내용: 세계 3대 리그라고 불리는 분데스리가, 프리미어리그, 라리가에서 모두 우승하세요.]
[보상으로 경험치가 1000% 증가합니다.]

[퀘스트를 완료하셨습니다!]
[퀘스트 내용: 세계 3대 리그라고 불리는 분데스리가, 프리미어리그, 라리가에서 모두 득점왕에 오르세요.]
[보상으로 경험치가 1000% 증가합니다.]

[퀘스트를 완료하셨습니다!]
[퀘스트 내용: 세계 3대 리그라고 불리는 분데스리가, 프리미어리그, 라리가에서 모두 도움왕에 오르세요.]

[보상으로 경험치가 1000% 증가합니다.]

[퀘스트를 완료하셨……]

…….

.

[레벨이 올랐습니다!]

[레벨이 올랐습니다!]

[레벨이 올랐습니다!]

…….

…….

"억?!"

이민혁이 손으로 입을 틀어막았다.

그렇지 않으면 비명이 터져 나올 것 같았다.

처음 보는 숫자의 퀘스트 완료 메시지였고, 처음 보는 숫자의

레벨업 메시지였다.

"이게 다 몇 개야……?"

이민혁은 천천히 레벨업 메시지의 개수를 셌다.

"…38개라니."

레벨업 메시지는 무려 38개였다.

즉, 38개의 레벨이 오른 것이다.

"하하… 미치겠네."

챔피언스리그 결승전을 앞두고 받은 보상이었기에 분명 기뻤

지만.

당황스러운 건 어쩔 수 없었다.

게다가.

"이러면 바이에른 뮌헨에 더 미안해질 것 같은데."

친정팀을 더욱 괴롭혀 주게 될 것 같다는 생각에 가뜩이나 미안했던 마음이 더욱 커져 버렸다.

물론.

"그건 그때 가서 생각하자."

스탯 포인트를 사용하는 것보다 중요한 일은 아니었다.

"자, 어디 한 번 스탯 포인트로 플렉스 좀 해 볼까?"

그때였다.

씨익 웃으며 76개의 스탯 포인트를 바라보던 이민혁의 표정이 굳었다.

뒤늦게 떠오른 메시지 때문이었다.

[레벨 400을 달성하셨습니다!]

[스킬이 지급됩니다.]

['축구황제'를 습득하셨습니다.]

*　　　　　*　　　　　*

76개의 스탯 포인트.

이민혁이 가져 본 스탯 포인트 중 가장 많은 양이었다.

"엄청난 부자가 된 기분이네."

환하게 웃으며, 이민혁은 스탯 포인트를 사용했다.

[스탯 포인트 16을 사용하셨습니다.]
[체력 능력치가 16 상승합니다.]
[현재 체력 능력치는 126입니다.]

가장 먼저 올린 능력치는 체력이었다.

아무리 체력이 좋고 스킬의 도움을 받고 있다고는 해도, 피로
는 쌓일 수밖에 없었고.

최근 이민혁은 많이 지쳐 있었으니까.

"좋아, 좋아."

이민혁은 곧바로 이어서 남은 스탯 포인트를 사용하기 시작했
다.

[스탯 포인트 10을 사용하셨습니다.]
[속도 능력치가 10 상승합니다.]
[현재 속도 능력치는 150입니다.]

[스탯 포인트 10을 사용하셨습니다.]
[민첩 능력치가 10 상승합니다.]
[현재 민첩 능력치는 140입니다.]

[스탯 포인트 10을 사용하셨습니다.]
[패스 능력치가 10 상승합니다.]

[현재 패스 능력치는 126입니다.]

[스탯 포인트 10을 사용하셨습니다.]
[헤딩 능력치가 10 상승합니다.]
[현재 헤딩 능력치는 131입니다.]

[스탯 포인트 20을 사용하셨습니다.]
[태클 능력치가 20 상승합니다.]
[현재 태클 능력치는 140입니다.]

스탯 포인트를 전부 사용한 지금.

이민혁은 참았던 숨을 크게 내쉬었다.

"후우!"

그리고.

"이제 확인해 볼까?"

참았던 것을 확인하기 위해 시선을 돌렸다.

그곳엔 레벨 400이 되었을 때 얻은 새로운 스킬의 정보가 떠 있었다.

[축구황제]

유형: 패시브

효과: 축구에 관련된 모든 능력이 비현실적으로 빠르게 성장하게 됩니다.

"축구황제라니……."

축구에 관련된 모든 능력이 비현실적으로 빠르게 성장하는 축구황제 스킬의 효과.

이 효과가 얼마나 대단할지 빠르게 느껴보고 싶었다.

그 시간은 그렇게 길지 않았다.

다음 경기 일정이 빠르게 다가왔으니까.

「아틀레티코 마드리드 vs 바이에른 뮌헨, 챔피언스리그 우승컵을 들어 올릴 팀은 어디?」

「챔피언스리그 결승에서 친정팀 만난 축구황제 이민혁, 과연 어떤 모습 보여 줄까?」

현재 라리가 최강의 팀인 아틀레티코 마드리드와 분데스리가 최강의 팀인 바이에른 뮌헨.

이 두 팀이 만나게 됐다는 사실은 전 세계 축구 팬들의 마음을 뜨겁게 만들었다.

ㄴ너무 기대했던 경기가 드디어 펼쳐지네! 난 이 경기가 기대돼서 며칠간 잠도 제대로 못 잤다고!

ㄴ축구황제가 친정팀을 상대로 얼마나 잔인한 모습을 보여 줄까?

ㄴ리버풀과의 경기를 보면 축구황제에게 정이 많아 보이던데? 아마 바이에른 뮌헨에겐 실력을 제대로 못 보여 주지 않을까?

ㄴ이민혁을 잘 모르네. 앤 어떤 상대를 만나도 최선을 다하는 선수야. 그러니까 축구황제이자 축구의 신이 된 거고.

┗다들 이민혁의 활약에만 집중하고 있는데, 이 경기는 바이에른 뮌헨이 이길 수도 있어. 바이에른 뮌헨의 전력은 역대 최강이라고.

┗최근 바이에른 뮌헨이 강하다는 건 인정해. 하지만 이민혁이 없는 바이에른 뮌헨은 역대 최강의 전력일 수는 없어.

┗다들 조용히 하고 집중하자. 이제 곧 시작하겠어!

챔피언스리그 결승전.

그 경기가 지금 시작되려 하고 있었다.

그리고.

경기장에 입장하기 전, 이민혁은 떨리는 목소리로 눈앞의 남자와 인사를 나눴다.

＊　　　　＊　　　　＊

바이에른 뮌헨은.

이민혁의 축구 인생 중 가장 좋은 기억을 남겨 준 곳이다.

프로선수로 데뷔한 팀이자, 많은 것을 가르쳐 준 팀이다.

퉁명스러운 것 같으면서도 잘 챙겨 준 프랑크 리베리, 장난기가 많지만 친절했던 토마스 뮐러, 배울 점이 많은 로베르트 레반도프스키, 항상 재밌는 마누엘 노이어와 같은 동료들은 아직도 기억에 선명했다.

그리고.

가장 존경하고, 가장 큰 고마움을 가지고 있는 선수가 있었다.

그 선수는 지금, 챔피언스리그 결승전을 치르러 온 이민혁의 눈앞에 서 있었다.

"로, 로번……!"

이민혁은 떨리는 목소리로 아그엔 로빈의 이름을 불렀다.

"하하! 잘 지냈어?"

"예! 잘 지냈죠. 로번은요? 몸은 좀 괜찮으세요? 부상이 잦으시던데."

"나야 뭐, 나이가 꽤 많잖아. 그리고 너도 알다시피 나는 원래 부상이랑 친하기도 하고… 이제 그만 좀 친해지고 싶은데 어쩌겠어, 놔주질 않는데."

"…그래도 잘 회복하셔서 선발로 출전하시게 된 거 아니에요?"

"그렇지. 사실 오늘만큼은 컨디션이 좋아. 오랜만에 내가 제일 좋아하는 친구를 상대하게 돼서 몸 관리를 제법 잘했거든."

"로번이 컨디션이 좋다고 하니까 되게 무섭네요."

"무섭긴 뭘 무서워? 다 늙었는데. 오히려 내가 무섭다. 한때는 이것저것 다 알려 줘야 했던 애송이가 이젠 최고의 축구선수가 되어서 상대편으로 돌아오다니."

"로번의 가르침이 없었으면 지금처럼 성장하기 힘들었을 거예요. 항상 하는 얘기지만, 너무 감사해요."

"항상 하는 얘기를 민망하게 왜 또 하고 그래? 이런 얘기는 전화나 문자로 듣는 것만으로도 충분하다고. 그리고 민혁, 내 가르침이 고마우면 오늘 살살 좀 해 줘."

"예? 그건 좀⋯⋯."

"농담이야. 하하! 그래서 오늘은 우릴 얼마나 괴롭힐 생각이야?"

"괴롭히는 건 모르겠고요. 그냥 매번 그랬듯이 최선을 다해야죠."

로번과의 대화는 길게 이어졌다.

할 얘기가 너무 많았다.

그와 연락은 자주 하고 있지만, 실제로 본 건 굉장히 오랜만이었으니까.

"오늘 재밌는 경기 만들어 보자."

"예. 좋죠."

아르연 로번과의 대화는 끝이 났지만, 이민혁은 아틀레티코 마드리드의 동료들에게로 돌아가지 못했다.

서운함을 드러내는 바이에른 뮌헨의 옛 동료들 때문이었다.

"민혁! 아르연 로번하고만 실컷 떠들기 있기야? 우린 보이지도 않나 봐?"

"이거 너무 서운한데. 나는 민혁 너를 보자마자 너무 반가웠는데, 너는 아르연 로번만 반갑나 봐?"

"우와⋯⋯! 로번! 이민혁 좀 봐! 우리를 다 잊어버렸나 봐!"

"이봐, 축구황제! 나한테도 반갑게 인사 좀 해 주지 않겠어?"

이민혁은 씨익 웃으며 옛 동료들을 향해 양팔을 벌렸다.

"제가 어떻게 여러분을 잊겠어요? 다들 정말 반가워요!"

*　　　　*　　　　*

바이에른 뮌헨 선수들은 이민혁의 전 동료들이었고.

그들과의 대화는 즐거웠다.

다만, 길게 이어가진 못했다.

"민혁! 이제 경기장으로 갈 시간이야."

기다리는 팬들을 위해 이제는 경기장으로 나아가야 할 시간이었으니까.

─바이에른 뮌헨과 아틀레티코 마드리드의 선수들이 입장합니다!

─벌써 긴장감이 대단한데요? 양 팀 선수들의 얼굴에도 긴장감이 흐르고 있습니다! 자, 이제 양 팀 스쿼드를 보시죠! 바이에른 뮌헨은 레반도프스키, 프랑크 리베리, 아르연 로번, 토마스 뮐러, 하메스 로드리게스, 하비 마르티네스, 조슈아 키미히, 제롬 보아텡, 마츠 후멜스, 하피냐, 슈벤 울라이히가 선발로 출전했고, 아틀레티코 마드리드는…… …선수들이 선발로 출전했습니다!

─두 팀 모두 베스트멤버에 가까운 선발진이네요. 그런데 마누엘 노이어 골키퍼는 아직도 부상에서 완전히 돌아오지 못했군요?

─예, 아무래도 마누엘 노이어 골키퍼는 장기부상이었기 때문에 복귀하려면 조금 더 시간이 필요할 것 같습니다. 그리고 부상이 아니더라도 몇몇 선수들은 체력적으로 힘든 상황일 텐데, 무리해서라도 출전을 강행한 것으로 알고 있습니다. 그 정도로 오늘 펼쳐지는 경기가 중요하다는 거죠.

─맞습니다. 챔피언스리그 결승전이니까요.

해설들은 바이에른 뮌헨의 골키퍼이자, 세계 최고의 골키퍼 중 하나인 마누엘 노이어가 출전하지 않은 사실에 집중했다.

그리고.

이들이 더욱 집중한 일이 있었다.

―이민혁 선수가 오랜만에 본래 포지션으로 출전했죠?

―그렇습니다. 아틀레티코 마드리드의 핵심 센터백인 디에고 고딘 선수가 부상에서 복귀했기 때문에, 이민혁 선수는 아주 오랜만에 윙어로 출전하게 됐습니다.

―항간에는 이민혁 신수가 수비수로 너무 많은 경기를 뛰어서 윙어로 활약하지 못할 수도 있겠다는 말이 돌고 있던데요?

―하하! 충분히 의심할 수 있는 상황이긴 하지만, 그 선수가 이민혁이라면 말이 달라지죠. 축구의 신이자 축구황제인 이 선수의 실력을 어떻게 의심하겠습니까? 이민혁 선수라면 분명히 완벽하게 준비가 되어 있을 겁니다.

이민혁이 바이에른 뮌헨과의 챔피언스리그 결승전에 윙어로 출전했다는 것.

드디어 가장 자신 있는 포지션으로 뛰게 되었다는 것.

해설들은 그 사실에 초점을 맞췄다.

전 세계 축구 팬들 역시 마찬가지였다.

ㄴ와우! 드디어 이민혁이 윙어로 출전하는 모습을 보겠네! 바이

에른 뮌헨은 큰일 났네. 이민혁은 윙어로 뛸 때 가장 위협적이거든.

└윙어 이민혁은 상대의 양쪽 측면을 전부 부숴 버리잖아. 위협적일 수밖에 없지.

└수비수로 뛸 때도 그렇게 많은 골과 어시스트를 기록했는데, 윙어로 뛰는 오늘은 어떨까? 아무리 바이에른 뮌헨이 강하다고 해도, 이민혁을 막을 수 있을 것 같진 않은데.

└간만에 이민혁의 화려한 플레이를 볼 수 있겠어.

└이민혁이 화려하지 않을 때가 있었나? 수비수로 출전했던 경기들도 다 엄청났는데?

└그래도 윙어로 출전할 때만큼은 아니잖아. 오늘 한번 보자.

이처럼 이민혁을 향한 팬들의 기대감은 대단했다.

다만, 불안해하는 팬들도 존재했다.

상대가 이민혁의 친정팀이자, 분데스리가 최강의 팀이기 때문이었다.

그러나.

이들은 몰랐다.

"친정팀과의 경기니까 분명 많은 경험치를 주겠지? 오늘은 최대한 많은 공격포인트를 기록해야겠어."

이민혁은 상대가 친정팀이어도 최선을 다하는 사람이라는 것과.

"능력치가 되게 많이 오른 효과를 드디어 실전에서 확인해 보겠네."

최근 이민혁의 레벨이 굉장히 많이 올랐다는 것을.

삐이이이익!

경기가 시작됐다.
그 즉시.

—앙투안 그리즈만이 이민혁에게 공을 넘겨줍니다. 어? 이민혁
이 공을 몰고 전진합니다! 이민혁이 경기 시작과 동시에 과감히 드
리블을 하고 있습니다!

이민혁은 자신에 대해서 아주 잘 아는 바이에른 뮌헨 선수들
을 향해 자신감 있게 전진했다.
군이 무리한 돌파를 선택할 필요는 없었지만.
'당신들 덕에……'
이민혁은 친정팀 선수들에게 보여 주고 싶었다.
'제가 많이 성장할 수 있었어요.'
자신이 얼마나 성장했는지를.
당신들 덕분에 이만큼이나 성장할 수 있었다는 것을.

—빠릅니다! 이민혁! 순식간에 토마스 뮐러와 하메스 로드리게
스의 압박을 벗어납니다! 이민혁에겐 탈압박이 너무 쉬워 보입니
다! 정말 수준이 다른 탈압박이네요! 이민혁! 계속 전진합니다! 하
비 마르티네스가 앞을 가로막네요! 오오?! 이민혁이 하비 마르티네

스와의 거친 몸싸움도 이겨 냈습니다! 하비 마르티네스도 피지컬이 대단한 선수인데, 이민혁에게 안 되네요!

─방금은 하비 마르티네스 선수가 분명 반칙으로 끊으려고 시도했던 것 같은데, 완전히 실패해 버렸습니다! 이민혁은 넘어질 생각이 소금도 없어 보입니다! 바이에른 뮌헨, 집중해야 합니다! 이민혁이 지난 챔피언스리그 4강 2차전에서 리버풀을 상대로 9골 2어시스트를 기록한 선수라는 것을 절대 잊으면 안 됩니다! 게다가 그 공격포인트들은 중앙수비수로 출전해서 기록한 것들이란 사실도 절대 잊어선 안 됩니다!

─이민혁! 계속해서 공을 몰고 앞으로 나아갑니다! 그 누구도 따라 하지 못할 압도적인 드리블 능력입니다! 분데스리가 최강의 팀인 바이에른 뮌헨이 이민혁 한 명을 막지 못하고 있습니다!

이민혁의 스피드는 빨랐다.

150이라는 속도 능력치.

현역 축구선수 중 그 누구도 이민혁에게 스피드로 비빌 수 없는 수준이었다.

당장 육상선수로 종목을 변경해도 굉장한 성적을 낼 수 있을 정도로 빠른 수준이었다.

축구선수라고 하기엔 비정상적인 스피드.

더불어 그 스피드를 제어할 수 있을 정도로 뛰어난 드리블 능력까지.

그런 이민혁을 바이에른 뮌헨의 공격수들과 미드필더들은 막아 내지 못했다.

이제 남은 건 조슈아 키미히, 제롬 보아텡, 마츠 후멜스, 하피냐로 구성된 4명의 수비수.

이들은 페널티박스 안으로 모였다.

측면을 막는 것은 포기했다.

오로지 중앙으로 뚫고 들어오는 이민혁에게만 집중했다.

분데스리가 최고의 수비수들이었지만, 이들에게 자존심은 필요하지 않았다.

이민혁의 실력을 너무나도 잘 알기에, 자존심 따위는 버렸다.

"역시 움직임들이 좋으시네."

단단해 보이는 마이에른 뮌헨의 수비진을 보며 이민혁이 씨익 웃었다.

양쪽 측면엔 앙투안 그리즈만과 페르난도 토레스가 좋은 자리를 잡고 있었다.

저들에게 공을 넘긴 뒤에 안으로 파고들어서 리턴패스를 받아 마무리하는 그림이 더 효율적일 것 같았다.

그러나.

"그러면 재미없지."

이민혁은 그럴 생각이 없었다.

지금만큼은 동료를 이용하지 않고, 혼자의 힘으로 골을 만들어 낼 생각이었다.

그래서.

―오오옷! 이민혁 선수! 이걸 돌파를 시도하나요?

이민혁은 분데스리가 최고의 수비수 4명이 막고 있는 페널티 박스 안으로 뛰어들었다.

조슈아 키미히, 제롬 보아텡, 마츠 후멜스, 하피냐로 이뤄진 바이에른 뮌헨 수비진의 조직력은 좋았다.

두 명씩 나눠서 양발잡이인 이민혁의 오른쪽과 왼쪽을 전부 막아섰다.

툭! 툭!

공을 아주 짧게 치며 전진하던 이민혁이 상체를 좌우로 흔들었다.

움찔!

바이에른 뮌헨의 수비수들이 곧바로 반응했다.

반응속도는 빨랐다.

'좋아, 반응을 빠르게 해 주면 더 좋지.'

이민혁으로선 오히려 바라던 바였다.

다시 한번 씨익 웃어 보인 이민혁이 이번엔 왼쪽으로 상체를 흔들었다. 이번엔 오른쪽 다리까지 왼쪽으로 휘저으며 방향을 틀 것처럼 페인팅을 줬다.

그러자 왼쪽을 막던 조슈아 키미히와 제롬 보아텡이 공간을 좁히며 덤벼들었다.

그 순간, 이민혁이 왼쪽 발바닥으로 공을 끌며 몸을 회전했다. 이어서 중심을 낮추고, 폭발적인 스피드를 내서 4명이 막고 있던 가운데 공간으로 파고들었다.

왼쪽을 흔들며 가운데에 공간을 만들고, 그곳을 파고드는 움직임.

완벽에 가까운 드리블 실력과 자신감이 없으면 시도조차 할수 없는 플레이였지만.

이민혁은 당연하다는 듯 해냈다.

퍼억!

가운데로 파고드는 동안, 191㎝에 91㎏의 거구 마츠 후멜스가어깨로 강한 몸싸움을 걸어 왔지만.

이민혁은 튕겨 나가지 않았다.

예전이었다면 모르겠지만.

140의 몸싸움 능력치를 지닌 지금은.

오히려 이민혁이 마츠 후멜스를 튕겨 냈다.

―우오오오오! 이민혁이 마츠 후멜스까지 튕겨 내면서 노마크상황을 만들어 냅니다!

골키퍼와의 일대일 상황.

마누엘 노이어라면 모를까.

지금 바이에른 뮌헨의 골대를 지키고 있는 선수는 슈벤 울라이히였다.

그는 잔뜩 긴장한 얼굴을 한 채, 이민혁을 향해 달려들었고.

휘익!

이민혁은 슈팅 페인팅을 이용해 슈벤 울라이히를 가볍게 제쳐냈다.

─와아아아! 이민혁이 골키퍼까지 제쳐 냈습니다!

빈 골대가 보였고.
그곳을 향해 이민혁이 공을 밀어 넣었다.
동시에.

우와아아아아아아아아!

경기장엔 거대한 함성이 터져 나왔다.

*   *   *

─들어갔습니다! 이민혁이 챔피언스리그 결승전에서 친정팀 바이에른 뮌헨을 상대로 엄청난 골을 터뜨렸습니다!
─지금 몇 초 만에 골이 터진 건가요? 8초? 체감상 그 정도밖에 안 걸린 것 같은데요?
─확인결과 8초가 맞네요! 이민혁이 챔피언스리그 결승전에서 골을 터뜨리는 데엔 단 8초면 충분했습니다!

경기 시작 8초 만에 터진 골.
관중들이 경악했다.
바이에른 뮌헨의 팬들은 양손으로 머리를 감싸 쥐었고.
아틀레티코 마드리드의 팬들은 환호했다.
그리고.

이민혁은 리버풀전에서 그랬던 것처럼 세리머니를 하지 않았다.

친정팀에 대한 예의였다.

다만, 봐주는 건 없었다.

오히려 더 열심히 뛰었다.

친정팀 선수들에게, 친정팀 팬들에게 자신이 얼마나 성장했는지 보여 주고 싶었으니까.

—이민혁이 측면으로 달립니다! 오랜만에 윙어로 출전한 이민혁이 물 만난 고기처럼 날뛰고 있습니다!

—바이에른 뮌헨의 풀백들은 굉장한 실력을 지닌 선수들임에도 이민혁을 막진 못하네요! 역시 이민혁은 클래스가 다릅니다!

—이민혁! 크로스를 올립니다! 우오오오! 페르난도 토레스, 헤딩! 고오오오오오오올! 골입니다!

이민혁의 크로스는 정교했고.

—화려합니다! 이민혁이 마르세유 턴으로 압박을 벗어납니다! 측면에서 단숨에 중앙으로 파고드는 이민혁! 여긴 이민혁의 슈팅 존이죠!

—이민혁! 때립니다! 우와아아아아! 들어갔습니다! 엄청난 슈팅입니다! 이민혁이 바이에른 뮌헨의 수비수들을 허수아비로 만들어 버립니다!

슈팅은 빠르고 날카로웠다.

전반 15분 만에 만들어진 3 대 0 스코어.

하지만 바이에른 뮌헨은 분데스리가의 최강팀이었다.

이들은 당하고만 있지 않았다.

―토마스 뮐러가 연결합니다! 아르연 로번이 측면에서 공을 받습니다! 아르연 로번, 빠르게 방향을 바꾸는 드리블! 오오! 기습적인 슈팅입니다!

―고오오오오올! 아르연 로번! 수비수 하나를 앞에 둔 상황에서도 뛰어난 개인 기량을 보여 주며 골을 터뜨립니다!

전반 21분, 아르연 로번이 측면에서 중앙으로 파고들며 슈팅을 때리는 시그니처 무브로 골을 기록했고.

―프랑크 리베리 아틀레티코 마드리드의 측면을 뚫어 냅니다! 리베리! 직접 하나요? 오옷! 패스입니다! 로베르트 레반도프스키가 받습니다! 레반도프스키, 슈팅!

―골입니다! 로베르트 레반도프스키! 분데스리가 최고의 스트라이커가 챔피언스리그 결승전에서도 골을 만들어 냅니다!

전반 24분엔 로베르트 레반도프스키가 골을 터뜨렸다.

＊   ＊   ＊

경기는 치열했다.

챔피언스리그 결승전이라는 무대는 양 팀 모두에게 큰 동기부여가 되었기에, 아틀레티코 마드리드와 바이에른 뮌헨 모두 좋은 경기력을 보여 줬다.

다만, 스코어에서 앞서는 건 아틀레티코 마드리드였다.

이민혁의 활약 때문이었다.

—들어갔습니다! 골입니다! 후반전이 시작된 지 5분도 되지 않아서 이민혁이 또다시 골을 만들어 냈습니다! 해트트릭입니다! 이민혁이 프리킥으로 세 번째 골을 터뜨리며 챔피언스리그 결승전에서 해트트릭을 기록했습니다!

—이민혁의 프리킥은 정말 명품이네요! 아틀레티코 마드리드는 이민혁의 프리킥 골로 총 5개의 골을 기록하게 됐네요! 이제 양 팀의 스코어는 5 대 3이 됐습니다!

—이민혁 선수의 골 덕분에 아틀레티코 마드리드가 빅이어에 한 걸음 더 가까워졌네요!

추가골을 허용한 이후에도 바이에른 뮌헨은 분명 대단한 경기력을 보여 줬다.

—골입니다! 로베르트 레반도프스키! 원더골입니다!

—레반도프스키의 퍼스트 터치는 볼 때마다 감탄을 자아내네요! 레반도프스키가 놀라운 퍼스트 터치에 이은 정확한 슈팅으로 골을 기록했습니다!

하지만.

이민혁의 존재감이 너무 압도적이었다.

이민혁입니다! 이민혁이 골을 기록했습니다! 각도기 좋지 않았는데도 과감한 슈팅을 시도해 골을 기록했습니다!

─이건 정말 이민혁이니까 만들 수 있는 골이네요! 완전히 다른 수준의 슈팅 실력입니다!

─우오오오오오! 아틀레티코 마드리드의 골입니다! 앙투안 그리즈만의 마무리!

─앙투안 그리즈만의 결정력도 좋았지만, 이민혁 선수의 러닝 크로스를 칭찬하지 않을 수가 없겠는데요?

─그렇습니다. 이민혁 선수가 속도를 낸 상황에서도 완벽하게 휘어 들어가는 택배 크로스를 뿌리며 앙투안 그리즈만의 골을 만들어 줬습니다!

양 팀 모두 필사적으로 경기를 치렀지만.

매번 그랬듯, 챔피언스리그 결승에서의 승리는 한 팀만이 누릴 수 있다.

오늘 승리를 누린 팀은 아틀레티코 마드리드였다.

「아틀레티코 마드리드, 바이에른 뮌헨 상대로 10 대 4 스코어로 승리하며 챔피언스리그 우승!」

「아틀레티코 마드리드, 역사상 처음으로 챔피언스리그 우승! 눈물을 흘리는 팬들의 앞에서 빅이어 들어 올리는 선수들!」

「이민혁, 7골 3어시스트 기록하며 챔피언스리그 결승전에서도 축구황제다운 실력 보여!」

「축구황제 이민혁, 아틀레티코 마드리드의 첫 챔피언스리그 우승 이끌어!」

양 팀 모두가 눈물을 흘렸다.

선수들도 눈물을 흘렸고, 팬들도 눈물을 흘렸다.

아틀레티코 마드리드의 선수들과 팬들은 승리에 기뻐하며 눈물을 흘렸고.

바이에른 뮌헨의 선수들과 팬들은 패배의 아쉬움에 눈물을 흘렸다.

그런데.

놀라운 일이 벌어졌다.

─바이에른 뮌헨을 응원하던 관중들이 자리에서 일어나서 박수를 보내고 있습니다! 이민혁 선수를 향한 박수네요……?

바이에른 뮌헨의 팬들은 패배에 아쉬워하며 눈물을 흘리면서도 상대 팀 선수인 이민혁을 향해 기립박수를 보내 줬다.

한때 자신들이 가장 사랑했던 선수가 이제는 세계 최고의 선수가 되어 챔피언스리그 우승을 차지한 것을 축하하는 의미의 박수였다.

―놀라운 장면이네요……! 바이에른 뮌헨의 팬들이 이민혁 선수를 얼마나 사랑하는지 알 수 있는 감동적인 장면입니다……!

이긴 이민혁도 진히 내성하지 못한 상황이있다.

"……"

당황스러웠고, 감동적이었기에 표정관리도 되지 않았다.

고개를 숙여 표정을 숨기고 싶었지만, 이민혁은 그러지 않았다.

고개를 빳빳하게 들고 바이에른 뮌헨의 팬들이 보내는 기립박수를 받아 냈다.

마침내 경기장에 박수 소리가 사라졌을 때.

"…정말 감사합니다."

이민혁은 그들을 향해 허리를 깊이 숙여 감사를 표했다.

*　　　　*　　　　*

아틀레티코 마드리드는 역사상 챔피언스리그 우승 기록이 없던 팀이었다.

챔피언스리그 준우승이 가장 뛰어난 기록이었다.

그런데 2017/18시즌엔 이민혁의 활약 덕에 역사상 처음으로 챔피언스리그 우승을 이뤄냈다.

당연하게도 아틀레티코 마드리드 내에서 이민혁의 위상은 더욱 커졌다.

이젠 축구황제가 아니라 정말 황제라고 해도 과언이 아닐 정
도였다.

그리고.

이민혁의 활약은 국가대표팀에서도 이어졌다.

「대한민국, 이민혁 활약 힘입어 2018 러시아 월드컵 16강 진출!」

이민혁은 2018년 6월에 개최된 월드컵에서 압도적인 기량으로
상대를 부숴버리며 한국대표팀을 16강으로 이끌었고.

「대한민국, 스위스를 8 대 2로 제압하며 2018 러시아 월드컵 8강 진
출!」
「이민혁, 7골 1어시스트 기록하며 대한민국의 8강 진출 이끌어!」

스위스를 상대로 수비불안을 드러낸 한국대표팀을 멱살 잡고
8강으로 끌어올렸다.
이민혁의 실력은 압도적이었고, 그의 활약은 월드컵 내내 계
속 이어졌다.

「대한민국, 6 대 4로 잉글랜드 제압하며 2018 러시아 월드컵 4강 진
출!」
「이민혁, 6골 기록하며 월드컵 8강에서 잉글랜드 무너뜨려!」

「불안한 한국대표팀의 경기력, 하지만 축구황제를 보유했기에 이길 수 있었다! 대한민국, 8 대 5로 크로아티아 제압하며 2018 러시아 월드컵 결승진출!」

「이민혁, 5골 3어시스트 기록하며 대한민국을 월드컵 결승으로 이끌어!」

한국대표팀의 수준은 낮았다.

월드컵 결승전에서 만난 프랑스의 공격에 많은 골을 허용했을 정도로.

그러나.

이민혁이 더 많은 골을 넣었다.

「대한민국, 지난 월드컵에 이어서 2018 러시아 월드컵에서도 우승! 축구황제를 보유한 대한민국은 강했다!」

「이민혁, 7골 몰아치며 2018 러시아 월드컵 결승전에서 팀의 7 대 5 승리 이끌어! 팀보다 개인의 힘이 더 강할 수 있다는 것을 증명한 축구황제!」

월드컵 우승.

당연하게도 이민혁은 많은 경험치를 얻었고.

레벨도 아주 많이 올랐다.

엄청난 스탯 포인트로 능력치를 올렸고, 실력도 더욱 성장했다.

그리고.

15년이 흘렀다.

                 *   *   *

2033년, 많은 사람이 모인 곳에 한 남자가 모습을 드러냈다.

그 즉시 플래시가 터졌다.

수많은 카메라가 그 남자만을 촬영했다.

남자는 특유의 무덤덤하면서도 여유 넘치는 얼굴로 지정된 자리에 앉았다.

그렇게 인터뷰가 시작됐다.

—방송을 보고 계시는 여러분! 모두 집중해 주시길 바랍니다! 15년이 넘는 시간 동안 압도적인 실력을 보여 주며 세계 최고의 축구선수로 군림해 온 이민혁 선수를 모셨습니다!

"반갑습니다. 저 하나 때문에 많은 분이 이곳까지 와 주셔서 정말 감사합니다."

—여전히 겸손하시네요. 오히려 이민혁 선수를 보게 돼서 저희가 영광이죠.

"하하, 아닙니다."

—시즌이 끝난 지 얼마 안 됐는데, 어떻게 지내셨어요?

"평범하게 지냈어요. 잠을 푹 잤고요, 자고 일어나면 운동을 했고요. 배고플 땐 최대한 건강한 음식 위주로 섭취했죠. 그냥 그렇게 지냈어요."

—…전혀 평범해 보이지 않는데요? 평범한 사람들은 이민혁 선수처럼 살지 못해요.

"저에겐 너무 평범한 일이에요. 축구선수가 된 이후로 늘 해왔던 것들이고요."

—역시 세계 최고의 축구선수는 노력 없이는 불가능한 일이군요! 역시 대단합니다!

"좋게 말씀해 주셔서 감사합니다."

—이민혁 선수, 오늘 꼭 하고 싶은 말이 있다고 들었는데요?

"예, 맞아요. 저를 좋아해 주시는 팬분들에게 꼭 하고 싶은 말이 있어요."

—실시간으로 전 세계 축구 팬분들이 이민혁 선수의 말에 귀를 기울이고 있습니다. 이민혁 선수, 말씀해 주시죠.

"제 나이가 이제 37살입니다. 18살에 데뷔했으니까 벌써 19년째 프로축구 선수로 뛰었네요. 그리고 이건 원래 비밀이었는데… 제 고향인 한국의 나이로는 39살이나 되었어요."

—엄청난 베테랑이시죠. 놀라울 정도로 오랜 시간 활약하고 계시고요. 그리고 나이에 대해서 말씀해 주셨는데, 체력적으로 힘든 걸 느끼고 계신 건가요? 아무래도 보통은 은퇴를 생각할 나이니까요.

"제가 체력적으로 힘들어하는 것 같나요?"

—아뇨, 경기장에서 이민혁 선수가 보여 주는 체력은 여전히 믿을 수 없을 정도로 대단하잖아요. 심지어 팬들 사이에서는 이민혁 선수의 체력이 젊었을 때보다도 더 좋아졌다는 말도 나오고 있

어요.

"맞아요. 아직 제 체력엔 문제가 없죠. 방금 말씀해 주신 것처럼 제 체력은 오히려 더 좋아졌어요. 그리고……."

이민혁은 잠시 말을 멈추곤 손에 든 커피로 입을 가져다 댔다.

꿀꺽!

커피를 입에 머금고 삼키는 시간.

그 시간 동안 이민혁의 시선은 허공에 뜬 메시지로 향했다.

[퀘스트를 완료하셨습니다!]

[퀘스트 내용: 엘링 홀란드의 드리블 능력을 발전시키세요.]

[엘링 홀란드의 드리블 능력이 조금 발전했습니다.]

[보상으로 경험치가 소폭 증가합니다.]

'홀란드가 열심히 훈련하고 있나 보네.'

2년 전부터 같은 팀에서 뛰게 된 엘링 홀란드는 작년부터 이민혁의 가르침을 받고 있었다.

그 결과로 지금처럼 경험치가 오른 것이었고.

스윽!

허공에서 시선을 뗀 지금.

이민혁이 다시 말을 이었다.

"예전에 비하면 아주 느리지만, 저는 지금 이 순간에도 성장하고 있어요."

─37세의 나이에도 축구 실력이 계속 발전하고 있다는 건가요?

듣고도 믿을 수 없는 말이네요……!

"증거는 제가 매년 갱신하고 있는 기록으로 충분하겠죠?"

—그… 렇네요. 이민혁 선수는 실제로 매년 믿을 수 없는 활약으로 새로운 기록들을 세우고 있으니까요. 그렇다면 이민혁 선수가 하고 싶었나는 말은 어떤 서죠……?

"아, 말이 딴 데로 샜네요. 제가 오늘 하고 싶었던 말은 약속을 지키고 싶다는 거예요."

—예? 약속이요……? 어떤 약속을 말씀하시는 거죠?

이민혁이 옅게 웃었다.

동시에 카메라를 똑바로 응시했다.

"제 친정팀이자, 제가 가장 사랑하는 팀인 바이에른 뮌헨을 떠날 때 했던 약속이요."

—어떤 내용이었는지 여쭤봐도 될까요……?

"바이에른 뮌헨과 팬분들이 허락해 주신다면 언젠가 꼭 다시 돌아오겠다는 내용이었죠."

—지, 지금 이 자리에서 이적 선언을 하시는 건가요?!

"선언까지는 아니고요. 제 바람일 뿐이죠. 그래서 지금 이 자리에서 바이에른 뮌헨 구단 측과 바이에른 뮌헨의 팬분들에게 허락을 구하고 싶어요."

—…폭탄 발언이네요……! 이민혁 선수, 계속 말씀하시죠.

"비록 제가 37세의 늙은 선수가 되어 버렸지만, 여전히 최고의 몸 상태를 유지하고 있다고 자부합니다. 그래서 전 앞으로의 제 행보가 마지막이 아니라 새로운 도전이라고 믿습니다."

—마지막이 아니라 새로운 도전… 아주 멋진 말이네요!

"바이에른 뮌헨의 팬분들이 눈물을 흘리면서도 제게 보내 줬던 함성과 기립박수가 아직도 제 눈앞에 생생합니다. 이제는 저의 집과 같은 그곳으로 돌아가고 싶습니다. 바이에른 뮌헨을 다시 세계 최고의 팀으로 만들고 싶습니다. 저를 받아 주시겠습니까?"

『레벨업 축구황제』完